JEAN-CHARLES

La foire aux cancres continue

CALMANN-LÉVY

LA FOIRE AUX CANCRES CONTINUE

Né en Dordogne en 1922, Jean-Charles (avec un trait d'union, il y tient) commença à écrire dès l'âge de neuf ans. De professeur à journaliste, en passant par commissaire de bord sur un bateau-usine, il exerça de nombreux métiers en France et en Afrique. En 1962, le succès de *La Foire aux cancres* (deux millions d'exemplaires en dix langues) lui permit de se consacrer entièrement à la pêche aux perles. Il a ainsi exploré non seulement l'enseignement, mais la médecine, l'armée, l'administration,. la gendarmerie, la police, la justice, les vacances, apportant la preuve que nous sommes tous des cancres.

En 1962, dans *La Foire aux cancres,* Jean-Charles avait prévu les événements de mai 1968. Dans *La Foire aux cancres continue,* il évoque ces fameux événements avant de présenter de nouvelles perles. Car les réformes se suivent, les ministres passent, mais les cancres restent.

ŒUVRES DE JEAN-CHARLES

Dans Le Livre de Poche :

LES PERLES DU FACTEUR.
LES NOUVELLES PERLES DU FACTEUR.
LA FOIRE AUX CANCRES.

A la mémoire du moine de Saint-Gall.

PRÉAMBULE

« Si les lycées avaient des clochers, ils sonneraient sans cesse le tocsin. » C'est par ces mots que commençait *la Foire aux cancres*, mais depuis 1962 la grande majorité des lecteurs n'a voulu voir dans mon livre que l'occasion de rire des bourdes des cancres.

Et pourtant, avec six ans d'avance, j'avais prévu les événements de mai 1968, le temps où « régnerait la terreur » et où « mon livre apparaîtrait comme prophétique ». J'avais expliqué, en long et en large, pourquoi et comment il fallait réformer l'enseignement. Sans grandes illusions d'ailleurs, car je n'imaginais pas que l'on me prendrait au sérieux, mais je prévenais les responsables de l'Education nationale : « Les Troyens se moquaient de Cassandre et ils s'en sont bigrement mordu les doigts. »

En 1968, il y eut en effet bien des doigts mordus, plus même que je ne l'imaginais. Pourtant, en 1965, j'étais revenu à la charge et, dans *Hardi ! les cancres*, sous une couverture qui montrait les cancres partant en guerre, j'avais demandé « la décolonisation des écoles, lycées, collèges et facultés ». Là encore, les responsables se contentèrent de hausser les épaules.

– Ce n'est pas très fort, dit M. Christian Fouchet après avoir lu mon livre.

M. Christian Fouchet était ministre de l'Intérieur en mai 1968, au moment des événements que l'on sait. Des événements au cours desquels on vit se mêler le meilleur et le pire.

A côté des révolutionnaires fumeux et des faux étudiants en mal de chienlit, il y eut ceux qui préparèrent des projets de réforme intelligemment révolutionnaires. Cependant que le folklore était roi au théâtre de l'Odéon et à la Sorbonne où les badauds venaient en famille, comme au zoo, dévisager des barbus à l'œil sombre. Sur les murs, s'étalaient des inscriptions subversives ou farfelues : *Il est interdit d'interdire. D'abord contestez-vous vous-même. Les larmes des philistins sont le nectar des Dieux. Prenez vos désirs pour des réalités.*

Leurs désirs pour des réalités, c'est ce que voulaient prendre les lycéens en grève et j'allai les écouter exposer leurs revendications : cogestion des lycées, révision des programmes, cours d'éducation sexuelle, cours d'éducation politique.

— La politique au lycée, s'écria un père d'élève, mais vous détruisez tous les principes de la laïcité !

Pauvres parents à qui de jeunes procureurs demandaient ce qu'ils avaient bien pu faire en vingt ans de parlotes et de congrès ! Car le déroulement des événements de mai a un peu trop fait oublier qu'il y avait bien plus à réformer dans l'enseignement secondaire que dans l'enseignement supérieur.

— Les professeurs les plus sympas marchent avec nous, me dit un élève d'un grand lycée parisien où je passai une matinée à « dialoguer », comme l'on disait alors.

Les professeurs qui participaient à l'occupation du lycée savaient depuis longtemps que l'enseignement avait besoin d'un grand coup de plumeau. Ils déclaraient maintenant avec modestie :

— Nos élèves nous ont aidé à comprendre certaines choses. Nous ne ferons plus nos cours de la même manière.

Le proviseur, seul, ne comprenait pas. En

bon colonisateur, il voulait seulement octroyer :

– J'ai accepté tout ce que vous m'avez demandé, mais vous ne devez rien faire sans me le demander.

Rouge de colère, il se heurta à une élève de seconde, calme et ferme. Non moins calme et non moins ferme, un membre du service d'ordre, brassard noir au biceps, demandait à un père d'élève de déposer sa carte d'identité à l'entrée du lycée.

– C'est une honte, criait le papa courroucé. Jamais, je n'admettrai cela.

Cependant que, plus courroucée encore, une mère hurlante venait arracher son fils à une réunion de commission et le ramenait au nid familial.

Refaisant la société le matin, les élèves de terminale étaient déjà moins révolutionnaires le soir. Ils ne pouvaient s'empêcher d'être inquiets en pensant au baccalauréat dont on ne savait pas encore s'il aurait lieu ou non.

J'étais cependant gêné de voir que la plupart de mes interlocuteurs étaient partisans de la suppression des examens. Ils semblaient oublier que l'examen est un élément essentiel d'un enseignement démocratique.

– Pourquoi pas un bachot à livre ouvert ? suggérai-je.

– Nous n'y sommes pas préparés, me répondit un élève de terminale.

– Les plus difficiles à convaincre seront les parents, me dit un professeur de lettres.

Et il me raconta l'histoire de son coiffeur qui, ayant entendu parler des examens à livre ouvert, s'écria : « Mais alors ils ne feront plus rien de toute l'année. »

Pourtant, si j'avais été ministre de l'Education nationale pendant l'été 1968, j'aurais décidé qu'à partir de la seconde, toutes les compositions, tous les examens auraient lieu à livre ouvert. Aide-mémoire de littérature ou d'histoire, formulaire de maths ou de physique, dictionnaire de langue étrangère auraient été autorisés. D'où obligation pour les professeurs de renouveler leur enseignement.

En outre, j'aurais modifié les programmes. J'aurais créé un vrai tronc commun, de la sixième à la troisième, sans latin et avec une seule langue vivante. Les élèves de seconde ayant la possibilité de renoncer aux maths et aux sciences et de les remplacer soit par le grec, soit par le latin, soit par une deuxième langue vivante.

Seulement voilà, je ne suis pas devenu ministre de l'Education nationale et, en 1968, l'enseignement secondaire français n'a bénéficié que de menues réformes qui n'ont pas changé grand-chose. Après quoi, les bons esprits se sont étonnés de voir les lycéens continuer à s'agiter. Certes, l'agitation est nuisible à la bonne marche des établissements scolaires. Mais il ne faut pas oublier que les vrais responsables des guerres coloniales sont les colonisateurs, de même que les vrais responsables des grèves sont les employeurs. Les uns comme les autres se lamentent ensuite, alors qu'un peu de lest lâché à temps aurait évité bien des catastrophes.

Si l'on veut éviter de nouvelles catastrophes, il faut se décider à vraiment réformer l'enseignement[1], à appliquer enfin la fameuse formule de Montaigne sur les têtes bien faites préférables aux têtes bien pleines. Il faut que soit définitivement périmée l'accusation de M. de Lamarzelle, en 1911 :

– Vous obtenez ainsi un grand nombre d'élèves qui arrivent au baccalauréat comme un pistolet chargé jusqu'à la gueule et qu'on décharge devant l'examinateur.

Un pistolet chargé de perles, bien sûr, car les ministres passent, les réformes se succèdent et les perles restent. Des perles qui, une fois de plus, seront notre consolation.

1. L'enseignement a sans doute un peu évolué depuis 1969, mais beaucoup de critiques faites dans ce livre restent d'actualité.

A CHACUN SON SQUELETTE

J'IMAGINE parfois qu'un cataclysme détruise les Terriens et que, quelques siècles plus tard, des archéologues venus d'une autre planète, ne découvrent qu'un livre : celui-ci. Ils se feraient une étrange idée de notre civilisation en partant de ce que racontent les cancres.

C'est d'ailleurs en vue d'aider ces archéologues que je commencerai par la description du corps humain et que j'y ajouterai quelques sous-titres :

LE SQUELETTE

Il y a des os pour tenir les muscles, et pour tenir debout, on a une grande colonne d'os dans le dos, c'est la colonne vers les bras[1].

Les principaux os du bras sont le stratus, le nimbus et le cumulus.

Les os de l'avant-bras sont le radius et le cucubitus.

Les os de la main sont la carpe et les carpillons.

Le pied est composé de phalanges, de cinq métatarsiens et de cinq martiens.

La boîte crânienne est formée du frontal, des pariétaux et de l'os qui pitale.

LE CERVEAU ET LE SYSTÈME NERVEUX

Le cerveau sert à planter les cheveux.

Quand on regarde des objets éclairés, le cerveau nous transmet des idées lumineuses.

Le système nerveux comprend l'encéphale et le bulbe rachitique.

La moelle épinière parcourt le corps et les membres. Quand il n'y en a pas, c'est le rachitisme.

1. Toutes les perles de ce livre n'ont pas été pondues en France. Je n'indiquerai cependant l'origine belge, suisse, canadienne ou autre que s'il s'agit d'une perle caractéristique. De même, je ne préciserai l'âge du cancre et la classe où il opère que lorsque cette précision aura un intérêt.

LE SYSTÈME DIGESTIF

Quand on mange, les aliments sont coupés, mâchés, broyés. Ensuite la langue envoie les aliments dans l'œsophage et rentre dans l'estomac.

L'œsophage mesure douze mètres.

Les sucs digestifs sont secrétés par les glandes sanitaires.

L'abdomen renferme le foie, l'estomac, le gros intestin et le bassin parisien.

L'estomac est une petite poche où se réfugient les aliments.

La vésicule du lierre est collée sur le foie.

Le foie secrète des billes.

La bile contient des poissons.

Le ventre de l'humain est formé de deux parties : le ventricule droit et le ventricule gauche.

L'intestin grêle est terminé par lapin dix.

LES REINS

Les organes excréteurs sont les Rhins qui, contrairement à ce que l'on pourrait croire, ne sont pas des fleuves.

Les reines filtrent le sang.

LES SENS

Il y a sept sens, le sens de l'ouïe, le sens de l'odorat, le sens de la vue, le sens du goût, le sens du toucher, le sens de l'humour et le sens de l'orientation.

LES OREILLES

Les oreilles sont l'organe de l'entente.
L'oreille fonctionne jour et nuit.
Hygiène de l'oreille : le papillon doit être lavé et séché à cause du cérumen.

L'ŒIL

L'œil est un liquide salé.
Notre œil est protégé par les paupières, les cils et les conciles.
Les larmes sont secrétées par les glandes lacrymogènes.
On corrige l'œil hyper mes tripes avec un verre byconcarve.
Les lunettes de soleil servent à protéger les yeux de la lumière, alors que les lunettes ordinaires sont portées par les aveu-

gles afin qu'ils voient les objets plus gros[1].
Pour pas abîmer sa vue, faut mourir avant de s'être usé les yeux.

LA PEAU

La peau enveloppe et protège le corps. La sueur s'écoule par les supports.
La peau sert à désinfecter le corps là jusqu'où il est fini.

LA LANGUE

Il n'y a pas d'os dans la langue et elle est molle, donc c'est un mollusque. Elle est tenue au plancher par un clapet. Sur le devant, il y a des petits ronds qu'on appelle les pupilles et sur le dos des pyramides. Elles secrètent la salive, c'est pour assaisonner ce qu'on mange.
Elle s'allonge à volonté et elle va d'avant en arrière, des dents de gauche aux dents de droite. Sous la langue, il y a des fils rouges qui communiquent au cerveau le goût des choses qu'on mange, c'est le sens de la dégustation.

1. Cette perle est due à une jeune Dahoméenne.

LES DENTS

La bouche renferme une formule dentaire.

Une dent possède des vaisseaux sans gain.

Il y a trois espèces de dents : les incisives, les molaires et les canifs.

Les prémolaires servent à brailler.

Quand on est petit, on a des dents de laine.

Il faut se laver les dents pour assurer les conversations.

On nettoie les mailles des dents avec une brosse Adam.

La carie dentaire est une inflammation des doigts.

LE SYSTÈME RESPIRATOIRE

Nous respirons par les fosses navales.

L'air arrive aux poumons en passant par le cœur.

LE CŒUR ET LA CIRCULATION DU SANG

S'il n'y a pas de cœur, on ne peut pas vivre sainement.

Le cœur est séparé en deux parties aux-

quelles se rattachent nos quatre membres.

Le cœur est relié aux quatre membres par des vertèbres qui s'empilent les unes sur les autres.

Le cœur est un réservoir; il possède deux caves : une en bas, une en haut.

Le cœur fait circuler le sang par les glandes salivaires.

Le sang circule dans les haltères. — Il traverse les bennes et les vertèbres[1].

*

Quand quelqu'un est en bonne santé, on dit qu'il a une bonne constipation.

Hélas! nous sommes tous plus ou moins sujets à des maladies dont certaines sont *affectueuses.* Heureusement, les cancres savent souvent comment les soigner.

La variole se caractérise par une montée de la fièvre à plus de 40 %.

Le sérum est administré aux sujets déjà atteints de la maladie, afin d'activer leur destruction.

Le foie se répand dans la bile et provoque la génisse.

On traite la maladie diphtérique de deux

1. Le tiret entre deux perles, réunies dans le même paragraphe, signifie qu'elles sont l'œuvre de deux cancres différents.

façons : soit on enlève les membranes, soit on le laisse mourir. Et surtout il ne faut pas manger le reste de ce malade[1].

Il faut déshériter le porteur de bacilles.

Pour guérir, on emploie deux moyens : les vaccins, moyen préventif, et les sérums, moyen lucratif.

Le vaccin contre la typhoïde confère un an d'humidité.

La prophylaxie, c'est la coqueluche, la varicelle, la rougeole.

La rougeole est une maladie épurative.

L'incubation de la rougeole, c'est la métamorphose de l'œuf pour devenir poussin.

Pour mettre de la glace, en cas de crise d'appendicite, il faut si la glace est froide la réchauffer avec une flanelle.

Un enfant qui a avalé un corps étranger, on lui met la tête en bas jusqu'à quand elle tombe.

La cuti-réaction indique si l'on est humain ou sain.

Selon certains cancres, la tuberculose est causée par *un microbe appelé bataille de coq;* selon d'autres, par *le bacille de Knock.*

Pour soigner la tuberculose, il faut enlever les poumons.

Pour lutter contre la tuberculose, on

1. Cette perle et la suivante viennent de Madagascar.

injecte au sujet la C.G.T. On trempe le malade dans un bain d'eau de Javel et on le fait bouillir à 120 °.

Les maladies des yeux sont la myopie, la nyctalopie, le strabisme, l'hypermétropisme et le snobisme.

On reconnaît qu'un enfant est myope parce qu'il ne parle pas.

Le béri-béri est une maladie qui provoque la chute des dents. Les poules n'ayant pas de dents ne peuvent attraper cette maladie.

Le lapindigo est une maladie de la peau.

L'alcoolisme est dû aux boissons aloolisées, aux gâteaux au rhum et aux bonbons menthe.

A grosses doses, l'alcool tue. A petites doses, l'alcool rend fou, c'est ce que l'on appelle le délire au rhum très mince.

Tandis que plus optimiste, un petit garçon disait à sa sœur :

– *Je veux de l'alcoolique pour guérir mon doigt.*

*

En 1942, une jeune recrue des chantiers de jeunesse, interrogée sur « la personne à prévenir en cas d'accident », répondit :

– *Le docteur.*

Les docteurs, tel était le sujet d'une rédaction donnée à des petits Polonais, élèves du cours moyen. Un ami de Varsovie m'a traduit quelques extraits de ces rédactions : *Etre médecin, c'est un bon métier parce qu'on ouvre le ventre des gens pour voir ce qui leur fait mal.*

Parfois, le médecin est malhonnête et donne des médicaments, bien qu'il sache que son client mourra un beau jour.

Je respecte les médecins parce que j'ai eu la rougeole.

Revenons en France où des élèves, également du cours moyen, devaient décrire la visite du médecin : *Le médecin regarde si le poulpe va bien.*

Il prend son stéthoscope, le pose sur les reins, le ventre, le dos et dit : « C'est les amygdales. »

Parfois, c'est plus grave : *Il fut malade pendant deux semaines, il avait un spasme modique.*

Comme il avait une bronchite, sa mère lui mit un catafalque sur la poitrine.

Au moment où le docteur allait lui faire la piqûre, il fut agité d'une secousse sismique.

Et je terminerai par un petit Denis, très choqué de voir son père lire *Playboy :*

— *Maman,* demanda-t-il, *pourquoi papa regarde des images où il y a des femmes toutes prêtes pour le docteur ?*

*

Les précautions pour éviter la contagion d'une maladie est de ne pas l'attraper.

On peut aussi suivre ces conseils d'une jeune fille raisonnable : *Le dimanche, je ne vais pas danser, car cela nous excite les sens et puis on avale les microbes qui font la propagande des maladies contagieuses.*

Au fait, qu'est-ce que les microbes ?

Une élève de dix-huit ans affirme que *les microbes ne sont pas tous dangereux. Les bons : les globules blancs; les mauvais : les globules rouges.*

Un élève de six ans est d'un avis un peu différent. Pour lui, *les bons microbes sont des fourmis blanches et les mauvais des fourmis rouges.*

Un candidat au concours d'entrée dans un lycée technique pense que *les microbes sont des petits animaux qui vivent autour de nous. Ils peuvent atteindre huit mètres de long.*

En revanche, d'après un dernier cancre, *les microbes sont des petites mouches qui se promènent dans le corps.*

Finalement, *la population augmente en France parce qu'on vit plus vieux grâce aux microbes qu'on protège par des vaccins.*

Un virus filtrant est un virus qu'on ne peut

voir qu'à travers un microbe électronique.

Quant aux précautions à prendre après une maladie, elles consistent *à désinfecter le lit du malade en le flambant.*

Cette perle est due à une élève de cours ménager. Tandis qu'une de ses camarades à qui l'on demandait les complications des maladies répondit :

– *La mort.*

*

En Belgique, lors des examens du certificat d'études, les candidats devaient expliquer la différence entre une entorse et une luxation. A quoi ils répondirent :

Une luxation c'est du Xe siècle, et une entorse c'est du XIe siècle.

Une entorse, ce sont les globules que nous avons sur le corps quand nous sommes malades, et une luxation, c'est du grand luxe.

Quelques perles en vrac, venant d'un peu partout :

Une luxation, c'est une sorte de cauchemar, quant à l'autre je ne sais pas.

Les hémorragies peuvent être vénéneuses, artificielles ou capitulaires.

Pour nettoyer une plaie, on la prend avec une pince et on la jette dans l'eau bouillante.

Quand un blessé a perdu beaucoup de soin, on lui fait une transfiguration.

Le groupe sanguin est un groupe d'individus se nourrissant exclusivement de sang [1].

Pour avoir du sang, on se pique avec une aiguille désaffectée.

Pour observer une goutte de sang, on fait un frottis entre les deux mamelles du microscope.

Pour stériliser l'eau, on la fait bouillir avec de l'eau bouillante à 90 °.

Quand les mineurs vont à la radio, leur cœur est tout noir.

*

Vous avez un mot d'excuse ? demandait un professeur à un élève.

— *Non, j'ai des maux de tête.*

Les mots d'excuse sont souvent (mais pas toujours !) écrits par les parents. Ils constituent bien sûr une intéressante source de perles.

Veuillez excuser mon fils qui a eu une conjonction pulmonaire.

J'ai gardé mon enfant à la maison, car elle a une interruption de boutons.

Ma fille a manqué l'école. Le docteur a prescrit une rougeole.

1. Cette perle me vient de Côte-d'Ivoire.

Mon fils n'est pas venu samedi, car ayant des enfants il a dû les garder.

Mon fils a du manqué la classe mercredi, car il avait attrapé mal à la tête avec un rhum[1].

Et pour finir une note d'espoir : *Je pense que ma fille manquera moins l'année prochaine, car cette année elle a contacté toutes les maladies.*

*

– C'est un terrible avantage de n'avoir rien fait, disait Rivarol, mais il ne faut pas en abuser.

Il est certain en effet que, lorsqu'on se trouve en face d'un blessé, il est préférable de savoir comment lui venir en aide. D'où l'intérêt du secourisme dont l'enseignement ne va cependant pas sans perles.

Un aimable médecin de Meaux m'a ainsi communiqué ces quelques réponses à des questions posées à des apprentis secouristes d'un peu tous les âges :

Qu'est-ce qu'un brancard et à quoi sert-il?

Un brancard est une planche de bois ou de toile avec deux poignées par-devant, deux poignées par-derrière, deux poignées sur la droite, deux poignées sur la gauche, et qui

1. J'ai respecté ici l'orthographe de l'auteur. Mais je préfère généralement corriger les fautes banales qui n'ont rien de comique.

sert à transporter les blessés quand on en a un.

Que faire en cas d'accident?

En cas d'accident, il faut prévenir l'ambulance quand il y a des blessés; les pompiers quand il y a du feu, et les pompes funèbres quand il y a des morts.

Quelle est la conduite à tenir devant un blessé choqué?

Un blessé choqué doit être allongé la tête en bas pour lui donner des vertiges.

Comment faut-il évacuer les blessés?

Il faut évacuer les blessés en position de sécurité et à toute vitesse sans dépasser le soixante kilomètres à l'heure.

*

Un instituteur suisse m'a dit un jour : « Il ne faut pas suivre les programmes, il faut suivre les enfants. » Là réside la clef d'un bon enseignement en général et de l'éducation sexuelle en particulier.

Certes, il y a des parents qui trouvent facilement les mots qu'il faut pour expliquer ce qu'il est de leur devoir d'expliquer. Mais combien sont brutaux, s'empêtrent ou même préfèrent ignorer le problème!

Quant aux programmes scolaires, ils s'en tiennent pudiquement aux plantes et aux animaux. Les cancres savent par exemple que *le poisson mâle féconde les œufs mâles et femelles avec une laitue.*

Certes, il y a un progrès par rapport à l'époque de ma jeunesse, puisque depuis 1958 on étudie en terminale la reproduction de la souris qui est très proche de celle de l'homme. Il y a aussi des professeurs d'avant-garde qui n'hésitent pas à aborder franchement le sujet, mais ils sont une minorité.

Dans *la Foire aux cancres*, j'ai écrit que l'éducation sexuelle au lycée était parfaitement superfétatoire, dans la mesure où les professeurs auraient toujours un ou deux ans de retard, quand ce ne serait pas cinq ou six. Depuis mai 1968, les choses ont un peu changé. En effet, les élèves ayant enfin quelques possibilités de faire entendre leur voix, peuvent réclamer des cours d'éducation sexuelle et surtout les réclamer assez tôt.

Encore faut-il avoir des maîtres compétents. Or, l'on ne s'improvise pas, du jour au lendemain, professeur d'éducation sexuelle et l'exemple des pays scandinaves en est la preuve.

Avec ou sans cours, les élèves savent quand même un certain nombre de choses.

Pour se marier : 1 ° Il faut être de genre contraire.

2 °Il ne faut pas être un futur conjoint.

La natalité, c'est le nombre de naissances au kilomètre.

Pour être grand-père, il faut être vieux.

Avec le bébé cuvette, l'homme est rabaissé au rang de la bête dont la production se fait en série.

Voici, d'après un élève de dix-sept ans, le régime alimentaire de la femme qui attend un bébé : *Manger de l'étage, de la viande grillée de sage-femme, si elle le dit.*

Tandis que, selon un candidat-infirmier, *il ne faut employer la sonde en verre, au moment de l'accouchement, ni pour l'homme ni pour la femme.*

Comment nourrir bébé ?

Le lait de la mer n'a pas besoin d'être bouilli.

Quand on va en voyage, ce n'est pas encombrant.

Quand la maman allaite son enfant, elle ne doit pas y mettre de sucre.

Il faut qu'elle habitue l'enfant à boire sur les deux poitrines en même temps[1].

L'allaitement mixte : le père allaite six mois, la mère les six autres mois.

Le sevrage, c'est la mise en bouteille.

Un bébé qui allaite sa mère est plus beau qu'un bébé qui est allaité.

1. Ces trois perles, citées par *La Dépêche du Midi* du 10 mai 1955, sont dues à des candidats au certificat d'études pour adultes.

Autres conseils de puériculture :

On ne doit pas laisser le bébé plus de cinq minutes la tête sous l'eau.

Un bébé en bonne santé est un bébé qui jazz.

La délinquance juvénile peut se rencontrer chez le tout jeune bébé. C'est une maladie affectueuse qui provient des radiations atomiques.

Jusqu'à seize ans, les enfants grandissent de dix centimètres par mois et après seulement de cinq centimètres.

*

« Lorsque j'ai débuté dans l'enseignement, m'écrit une lectrice, le cerveau farci d'un tas de connaissances inutiles, je bénéficiais d'un logement fourni par la commune. Une voisine me dit un jour : « Votre carrelage de cuisine est sale. Vous devriez le laver à la brosse pour l'éclaircir. » Je me dis à ce moment-là : « S'il faut laver le carrelage à la brosse, il faut donc une brosse. » Quant à savoir ce qu'il fallait mettre dans l'eau de lavage, j'aurais été incapable de le dire. Par contre, je pouvais parler savamment de Jules César, Plutarque, etc. »

Les cancres ou les cancresses, si je puis me permettre ce néologisme, ont quand même quelques notions des problèmes ménagers, à en juger par ces perles dues à des demoiselles de quinze à vingt ans : *Une cuisine moderne comprend une table pour installer les légumes et aimer la cuisinière.*

On dépoussière avec un plumard.

On dissout une tache avec de la benzine ou de l'essence misérable.

Pour laver un lainage, il ne faut pas le mettre dans l'eau ni l'essorer.

Il faut laver la laine sans trotter.

Il y a deux façons de détacher un tissu : par dissolution et par absolution.

On lave la vaisselle à l'eau carbonisée.

Autres perles dues à des élèves plus jeunes : *Nettoyer, c'est rendre propre sans désaltérer l'objet.*

Il faut être propre, car si on ne nettoyait pas, les meubles pourriraient, tout rouillerait, la maison ne serait plus qu'un dépôt de grâce.

La ménagère enlève l'écume sur le pot-au-feu avec une enclume.

Pour assaisonner la salade, je la désinfecte à l'eau de Javel.

Quand on chauffe l'aliment, les sucs nutritifs se répandent au milieu de la casserole.

En cuisine, dans certains mets, on ajoute des cous de girafe.

Et n'oublions pas que, d'après un élève de cinquième, *le thé est la pucelle des boissons.*

DES ANIMAUX COMME LES AUTRES

Il y a quelques années, à Madagascar, les candidats au B.E.P.C. avaient comme sujet de composition française : « Un vieux bœuf songe : il pense à son enfance, à ses jeunes années, puis à sa maturité. Il évoque l'avenir du bœuf à Madagascar. Faites parler le bœuf. »

Devant un tel sujet, les élèves facétieux s'en donnèrent à cœur joie, écrivant par exemple : *Quand j'étais petit, je pleurais comme un veau.*

Un autre élève mettait cette prophétie dans la bouche de son bœuf : *Tu seras corned-beef et, dans une belle boîte de conserve, tu feras un effet bœuf.*

Mais la palme revint au petit malin qui se contenta de cette seule ligne : *Un bœuf ne parle pas.*

Les élèves français sont plus sérieux quand ils écrivent dans leurs rédactions :

On ne doit pas traiter les animaux comme des bêtes.

Il faut aimer les chiens et les chats. Ils sont des animaux comme tout le monde.

L'animal le plus décrit dans les rédactions est le chien.

J'aime les chiens, car ils ont beaucoup d'intestin.

Sur le trottoir, un petit chien dormait à poings fermés.

L'os avait un chien dans la gueule.

J'ai coiffé avec mon peigne, les poils de mon chien que je me passe souvent dans les cheveux.

Ma sœur soigna le chien qui avait fait ses études de vétérinaire.

Le chien mort aboyait encore.

Les aboiements des chiens du voisinage répondaient à ceux de ma grand-mère.

Au tour du chat : *J'aime le chat dont les yeux verts servent à attraper les souris.*

C'était un chat si maigre qu'il n'avait plus que les os sur la peau.

La chatte crève les pneus d'un tracteur avec ses dents...

J'avais ramassé un moinillon qu'elle mangea.

Comme le poisson rouge n'était pas sourd, il vit s'avancer le chat.

Autres animaux familiers : *Il mena son cheval boire et se laver les mains.*

Le cheval harassé suivait lentement le charretier dont les naseaux fumaient.

Le cheval avait pris le nord aux dents.

La poule s'envola effrayée par le chien qui pondait son œuf.

Toutes les chèvres de sexe féminin étaient là en réunion.

La vache maigrissait à perte de vue.

Il y a cependant des animaux dont il faut se méfier : *Une araignée est en train d'enrouler une mouche dans son nylon.*

Les renards s'arrachaient les cheveux.

La baleine s'approcha à grands pas.

Le serpent arrivait à pas de loup.

Le taureau se lance à ma poursuite, je suis tororisé.

Un mot maintenant de certains animaux célèbres, les uns dangereux, les autres non : *Diomède de Thrace fut dévoré par les chevaux d'Hercule que leur maître nourrissait de cérumen.*

Le lion mourut de vieillesse, puis Androclès, ils ne revinrent pas au village puisqu'ils étaient morts.

La baleine avala un écrivain pour que Jonas puisse écrire.

La mule du pape lui donna un tel coup de sabot qu'on en vit la fumée jusqu'à Pamplemousse.

*

Les animaux sont d'excellents sujets de rédaction, mais où je ne suis plus d'accord, c'est lorsque je vois la façon dont on les étudie en sciences dites naturelles.

Certes, et éventuellement avec l'aide de la télévision scolaire, il est bon d'initier les enfants aux merveilles de la nature. Ils sont les premiers à demander comment les abeilles font le miel ou comment la chenille peut devenir un papillon, mais ils ne se posent guère de questions sur l'organisation interne des céphalopodes ou sur les caractères distinctifs des arthropodes.

En quoi cela peut-il intéresser les élèves de cinquième[1] de savoir que les protozoaires se divisent en plusieurs embranchements : 1° l'embranchement des ciliés parmi lesquels les stentors, les stylonychies, et les vorticelles; 2° l'embranchement des protozoaires se développant avec des pseudopodes, parmi lesquels les amibes, les foraminifères, les radiolaires; 3° l'embranchement des flagellés ?

1. Voir *Zoologie et Botanique* de J. Vallin (Ed. Bordas), livre utilisé en 1969, dans bien des lycées et C.E.G., et donc destiné à des élèves de onze à quatorze ans.

Il y a d'ailleurs des leçons tellement compliquées que le commun des mortels n'est pas capable d'apprécier les perles des élèves. Heureusement, certains professeurs se souviennent des conseils de Rabelais et de Montaigne. Ils estiment qu'une promenade en forêt ou dans un jardin public est plus profitable que la dictée d'interminables nomenclatures. Mais ce genre de promenade est difficile à organiser avec trente ou quarante élèves. Une seule solution : que l'étude des sciences naturelles soit facultative, ce qui réduirait les effectifs et permettrait aux élèves de faire un travail intéressant.

Bien d'autres matières devraient être ainsi rendues facultatives. Après tout, pourquoi les professeurs ne feraient-ils pas, en début d'année, une conférence expliquant l'intérêt de leur cours ? Les élèves étant libres ensuite de suivre ou non ces cours.

En attendant, un professeur a la possibilité d'escamoter une partie du programme, de parler des mœurs de la taupe ou du singe plutôt que de leur formule dentaire. Seulement, gare aux inspecteurs ! En effet, s'il s'en trouve pour applaudir à toutes les initiatives, combien d'autres veillent jalousement à la stricte application de programmes dont ils ne semblent pas avoir réalisé la démence. Résultat : une pluie de perles.

LE CHIEN ET LE CHAT

Le chat est laitivore.

L'adaptation du chat à la course se caractérise par des canines bien développées en crocs.

Le sens le plus développé chez le chien est le flirt.

Le chien et le chat sont tous les deux des carnivores, parce que les pattes du chien sont rétractiles et celles du chat n'y sont pas.

Et c'est sur le cahier de mon étourdi de fils que j'ai lu un jour :

Le chien fidèle compagnon de l'eau.

LE CHEVAL ET LE MULET

Comme Buffon l'a très bien dit, après l'homme, le cheval est le plus noble animal.

Les principales races de chevaux sont les percherons, les étalons et les éperons[1].

Le cheval a des yeux de côté et c'est pour cela qu'on lui met des ornières.

On utilise les mulets en montagne parce qu'ils ont le pied marin.

1. Cette perle est due à un collaborateur de Radio-Canada, lorsqu'il avait sept ans.

LE PORC

Le porc mange de la pâtée et de la bouillabaisse.

Il dévore tout ce que lui donne l'homme : c'est un homnivore.

LA VACHE ET LE BŒUF

La baleine, le chevreuil, l'écureuil, l'éléphant et le lièvre font partie de la vache.

La vache est très utilisée : elle donne un veau par an.

Avec son lait, la vache fabrique de la crème.

La vache comme l'homme est un animal à sang chaud, donc le contraire du serpent à sonnettes. Elle a quatre pattes, deux devant, deux derrière, deux à droite, deux à gauche. Elles sont si longues qu'à un certain moment elles rejoignent le sol. Sa queue lui sert non pas à pomper le lait, mais à chasser les mouches.

La vache a deux cornes et une bouche très simple.

C'est un animal entouré de poils de tous côtés.

Elle a des molaires trayeuscs.

Elle est appelée ruminante parce qu'elle

pousse un beuglement quand elle veut boire.

Pour la rumination, la vache arrache l'herbe, puis elle va dans sa panse pour la mâcher avec ses larges mollets.

L'hiver, les vaches se nourrissent de tourtereaux.

Il y a des bœufs spécialisés qui donnent du lait.

Le lait d'un bœuf qui vit au soleil est riche en vitamine D.

A la fromagerie, on fabrique des fromages à pattes molles.

Cependant qu'un élève à qui l'on demandait de citer trois animaux qui donnent du lait répondit :

– *Une vache, une chèvre et un cochon de lait.*

Mais tout évolue et, si l'on en croit un autre élève : *Maintenant les vaches ne servent plus à rien. En effet on a découvert le lait en poudre.*

LES ANIMAUX DE LA BASSE-COUR

La poule ne sait pas voler parce que ses ailes sont mises en sens contraire.

Le canard est adapté à la vie aquatique parce que si on le mettait dans un arbre il mourrait.

Le petit d'une oie est une noisette.

On améliore l'élevage en illuminant les mauvaises poules.

LE LAPIN

Le corps du lapin est recouvert de pelouse.

Le lapin est un sauteur parce qu'il a deux pattes en avant et deux pattes en arrière. Il est un rongeur parce qu'il ne sait pas mâcher et parce qu'il a d'excellents ongles.

Les lapins vivent dans des cales-pieds.

Il faut changer fréquemment la laitière des lapins.

Pour donner de l'appétit aux lapins, on leur donne du verre.

LA CHÈVRE ET LE MOUTON

La chèvre est un animal de même nature que le bélier; c'est la seule femelle connue qui porte une barbiche.

Le mouton est un animal qui a une tête, un corps, une queue et il est relié au sol par quatre pattes.

On élève les moutons pour engraisser les bouchers.

L'haleine des moutons sert à faire des matelas.

Les vers à soie sont des bêtes qui pondent de la soie, les moutons pondent la laine.

LES OISEAUX

Les oiseaux rendent de grands services à l'agriculture en mangeant les vers des cerises.

La perdrix est de la famille des gallicismes.

Un geai, c'est un grand tuyau.

Seuls, les oiseaux et les reptiles sont dotés de poumons.

LES SERPENTS

La couleuvre est ovipare, c'est-à-dire qu'elle pond des œufs qui explosent après la ponte.

La vipère est ovovipare. Ça veut dire qu'elle pond ses œufs dans son ventre.

En Afrique vivent les serpents typhons et des serpents à sornettes.

LES INSECTES

Il y a deux insectes utiles à l'homme : l'abeille et la vache.

L'abeille fait du cidre.

Quand les abeilles font des prisonnières, elles les fusillent.

Le doryphore n'est pas un insecte nuisible, car il ne voit pas la nuit.

Le corps de la mouche est divisé par 2.

Les araignées ne sont pas des insectes, mais appartiennent au groupe des arachides.

LES ANIMAUX DES CHAMPS ET DES BOIS

L'escargot appartient à la classe des rampants. Il possède une queue et une antenne de télévision.

La taupe creuse ses galeries avec ses pattes de devant : avec les autres, elle se promène.

Le ver de terre s'enfonce en soufflant sur la terre : il la fait partir.

L'écureuil se promène au moyen de ses noisettes.

Le lièvre a des incivismes à croyance continue.

LES BATRACIENS

Les batraciens, au fur et à mesure qu'ils grandissent, subissent de nombreuses métaphores.

La grenouille est de l'ordre des quinquagénaires.

Les petits de la grenouille s'appellent des fêtards.

Le têtard est le petit poussin de la grenouille.

LES ANIMAUX DE LA MER ET DES RIVIÈRES

On met les poissons en conserve au conservatoire.

La moule respire avec ses branchies grâce au courant d'air à l'intérieur de son corps.

Les crabes font partie de la famille des crucifiés.

L'anguille est le seul poisson capable de mettre les pieds sur terre.

Le phoque se nourrit de poissons; il ouvre la bouche et le poisson entre.

L'arénicole est un ver de terre de mer.

Le plancton est un animal microscopique qui se trouve à la mer et qui est très répudié dans les hôtels.

LES ANIMAUX DES PAYS LOINTAINS

En Afrique, il y a des lions, des girafes et des rinoféroces.

Les girafes sont jaunes parce qu'elles mangent trop de paille.

Les guenons ont des mamelles comme les hommes.

Le renne est un mammifère des régions populaires. Sa femelle s'appelle la reine.

Un dernier mot sur les animaux, sauvages ou non. Selon une élève du Puy, *les animaux morts sont conservés dans du folklore.*

Ah ! et puis sachez aussi que *la cellule animale a cinquante microsillons de long.*

TOUJOURS LA LAMPE A PÉTROLE

LORSQUE Jérôme était au cours moyen I (alias huitième), il vint un jour me réciter sa leçon de sciences. Oh! stupeur, c'était la lampe à pétrole.

Car, en 1965, la lampe à pétrole figurait au programme du cours moyen I et en 1969, au moment où j'écris ce livre, elle y figure toujours, mais pas l'électricité. Alors qu'il serait tout de même plus utile, pour des garçons de huit ou dix ans, de connaître le danger qu'il y a, par exemple, à réunir deux fils électriques.

Heureusement, il arrive un jour où l'électricité est au programme, avec bien sûr son cortège de perles : *L'énergie thermique est poussée par le vent, ce qui entraîne l'eau et produit l'électricité.*

Une centrale thermique, c'est une centrale où il y a de l'eau pour les malades.

Lorsque les appareils électriques sont mal entretenus, les habitants de la maison courent de nombreux dangers dont le plus grand qui fait de nombreuses victimes chaque année : la mort.

Attention aux courts-circuits, à propos desquels un candidat au C.E.P. écrivit en 1967 : *Les plombs sautent quand la maman a trop de tension.*

Un cancre de Nancy à qui son professeur de physique demandait ce qu'était un watt, répondit :

— *Je ne sais pas, je ne fais pas d'anglais.*

D'autres cancres sont plus loquaces et l'on apprend ainsi que *l'électrolyse est la stérilisation du courant électrique.*

Un compteur électrique sert à s'éclairer, à se chauffer et à faire marcher les machines.

Une pile est un percepteur de courant.

Un paratonnerre sert à attirer l'électricité sadique.

Un galvanomètre est un appareil qui sert à galvaniser.

L'ampoule comprend le culot et l'andouille.

Les joies du camping : l'électricité qui marche au gaz.

*

On demandait récemment à mon Vincent de neveu :

– Qu'est-ce que c'est qu'un microscope ?

– *C'est,* répondit-il, *une bête tellement petite qu'on n'arrive pas à la distinguer.*

– Tu es sûr ? lui dit-on.

– *Mais non, que je suis bête !* reprit Vincent. *Un microscope, c'est l'instrument avec lequel on examine les microscopes.*

Le microscope nous fait entrer dans le domaine de la physique dont un élève a donné cette définition :

– *La physique est une science qui devient chimie lorsqu'on la chauffe à l'air libre.*

A l'air libre ou non, c'est aussi une science dont l'enseignement a bien besoin d'être réformé :

– En quatrième, m'a dit par exemple un professeur, il y a au programme de physique des sujets faisant appel à des données mathématiques que l'on étudie seulement en troisième.

Et les perles continuent : *La pesanteur, c'est le poids du ciel sur la tête.*

La balance est un métal qui sert à peser les kilos.

Il y a deux sortes de miroirs, les convexes et les conclaves.

Nous regardons dans un microscope par l'auriculaire.

Parmi les différentes parties du moteur à explosion, il y a la soucoupe d'administration.

L'atome est formé d'électrons, de neutrons et de poltrons. – Il vaut entre deux et cinq armstrongs.

Je n'aurai garde d'oublier l'élève à qui l'on demandait de citer une unité de température et qui répondit :

– *La chaleur.*

Passons aux applications pratiques, avec ces deux perles venant d'une école hôtelière : *Le chauffage central ne présente aucun danger d'asphyxie ni de noyade, malgré l'eau qu'il contient.*

Un bon chauffage ne doit pas être réfrigérant.

Alors qu'une élève d'un cours ménager affirma : *Dans les villes, on est chauffé au massif central.*

Sachez aussi que *pour calculer la vitesse moyenne d'un véhicule, il faut multiplier la circonférence de la roue par le nombre de kilomètres qu'on a à faire.*

Le plus célèbre principe de la physique reste le principe d'Archimède, d'après lequel *tout corps plongé dans un liquide reçoit de ce liquide une poussée verticale dirigée de gauche à droite.*

Mais, selon un cancre belge, ce principe *est impossible à démontrer sans baignoire.*

Tandis que Françoise (sept ans) demandait à sa sœur :

– *Dis, Andrée, comment elle s'appelait la femme d'Archimède ?*

– *Je ne sais pas. D'ailleurs, il n'était peut-être pas marié.*

– *Ben alors, qui c'était Euréka ?*

*

Un professeur venait d'expliquer que l'oxygène fut découvert en 1774, quand un élève demanda :

– *Mais, m'sieur, comment les gens faisaient pour respirer jusque-là ?*

En attendant, certains élèves se passeraient fort bien de la chimie qui, elle aussi, devrait être une matière facultative.

LES GAZ

L'air est un gaz parce qu'on peut le renifler.

L'air contient du néon, du baryton, – de l'odéon.

Le gaz carbonique sert à fabriquer le papier carbone.

Le gaz brûle avec un petit bruit appelé hydrogène.

Un litre d'hydrogène est plus grand qu'un litre d'oxygène, car nous savons que l'eau se décompose en deux volumes d'hydrogène et un volume d'oxygène.

L'EAU

L'eau est inodore au goût.

La surface de l'eau est plus souvent à l'état liquide qu'à l'état solide.

L'eau naturelle sort du robinet et l'eau potable de la bouteille.

La différence entre l'eau naturelle et l'eau distillée est de huit centimètres.

On rend l'eau potable en laissant les microbes se déposer au fond du liquide, par décantation[1].

Autre procédé :

Ajouter quelques gouttes d'idiote.

Pour parer au manque d'eau, on a recours à la déstalinisation de l'eau de mer.

Le sel sert à conserver les Allemands.

La condensation, c'est de l'eau en sueur.

1. Cette perle, extraite d'une copie de certificat d'études, a été citée par la *Voix de l'Ain* du 11 juin 1965.

Pour refroidir la vapeur d'eau, on la fait passer dans un condensateur.

Ces expériences (buée se déposant sur une vitre, eau de chaux blanchie lorsqu'on expire au-dessus) prouvent que la science est une belle invention.

Reste à savoir pourquoi l'eau chante en bouillant. J'ai déjà donné plusieurs réponses à cette question dans de précédents recueils. Voici la dernière : *Le feu chauffe le fond de la casserole, alors ça brûle les pattes des microbes et ça les fait gueuler.*

LE PÉTROLE

Pour avoir du pétrole, on creuse un trou et on descend le chercher.

On retire du pétrole de nombreux sous-produits, dont le mastic pour mettre dans les moteurs.

Les composés du pétrole sont les sens et le goudron.

LE CHARBON

La houille provient du sous-sol.

La méthane provoque des explosions dans les mines de charbon. On l'appelle alors le grisbi.

Le charbon distillé donne de l'acier.

Les déchets de la houille sont envoyés dans les usines de Saint Hèse.

La houille blanche est du charbon tiré des falaises blanches.

Le charbon de bois en brûlant ne fait pas de flamme ni de fumée. Il est invisible.

LE FER

Le fer chauffé au rouge devient malléable. On peut alors le fasciner.

La rouille est un fer combustible.

*

Lors d'une récente session du certificat d'études, on avait demandé aux candidats ce qu'était la symbiose. Moi, j'aurais séché, mais mon dictionnaire qui est beaucoup plus calé affirme que c'est « l'association de deux ou plusieurs organismes différents, qui leur permet de vivre avec des avantages pour chacun. Exemple : un lichen est la symbiose d'une algue et d'un champignon ».

Quant aux candidats, ils répondirent : *La symbiose est un alliage.*

La symbiose est une respiration par réciprocité.

On emploie le mot symbiose parce que le savant qui a inventé la symbiose s'appelait Symbiose.

Faut-il supprimer l'enseignement de la botanique ? A cette question, un professeur de sciences m'a répondu : « Il n'y a pas lieu de changer les matières enseignées mais les méthodes d'enseignement et il faut bien dire que la plupart des élèves, soutenant en ceci une majorité d'enseignants, préfèrent accumuler les connaissances plutôt que de pratiquer des méthodes de recherche plus ingrates à enseigner, plus difficiles à apprendre. »

Pour l'heure, conservons donc la botanique à notre programme, du moins comme matière facultative et bien sûr sous forme de perles.

Il y a un siècle, une élève affirmait que *le vermicelle, c'est la racine du macaroni.*

Alors que tout récemment, une élève de l'école ménagère de Dieppe écrivait : *Le macaroni est cultivé à Buitoni.*

Des demoiselles de quinze à vingt ans et qui suivent des cours par correspondance ont affirmé que *le potager est proportionnel au nombre de personnes à mourir.*

Les graines ont un pouvoir germanique qu'il faut tenir compte.

Les sols humifères sont bien apprivoisés en eau.

Pour que ça pousse, il faut laisser agir les radiateurs solaires.

Les légumes feuilles comprennent les feuilles branches et les tigres qui sont comestibles.

Il faut que les fruits gardent leur savoir.

Autres perles dont j'ignore l'âge des auteurs : *On fabrique des huiles comestibles avec des noix, des olives et des archives.*

Le champignon se compose d'un pied et d'un chapeau garni de mamelles.

Les racines tuberculeuses sont le dalhia, mais aussi la carotte, radis, navet. Les tiges appelées tuberculeuses sont la pomme de terre.

La menthe sert à fabriquer des tissus qui protègent du feu.

On utilise le houblon pour fabriquer le tabac blond.

Le sucre de canne, c'est la canne qui l'a pondu.

Après qu'il est récolté, le maïs est conservé dans des igloos.

C'est grâce aux sols limoneux que l'on fait de la limonade.

C'est de la glycine que l'on tire la nitro-glycine.

Tandis qu'une petite Belge de douze ans à qui l'on demandait de citer un agrume répondit :

– *La citroën.*

Si l'agriculture vous tente, voici quelques conseils : *Pour lutter contre les mauvaises herbes, on utilise les désherbants et les cantonniers.*

Le fermier n'est pas un engrais complet. – Le fermier froid provient des bovins et des porcs. Il faut répandre le fermier dans les champs.

Les avantages de l'épandeuse à fumier sont de donner un éparpillement légal.

Enfin sachez que l'*on fabrique du bois avec des plantes végétales.*

Le liège vient du bouchon

*

Un professeur avait tracé un cercle au tableau et dicté l'énoncé d'un problème portant sur ce cercle. S'apercevant qu'un élève n'avait rien noté, il lui demanda de répéter l'énoncé.

– *J'ai pas pu suivre,* répondit l'élève. *J'avais pas de compas.*

Pour réussir en maths, un compas ne suffit pas et la preuve en est le collier qui suit. Lequel collier est à son tour la preuve qu'il est bien stupide de faire faire des maths aux élèves qui n'y comprennent rien.

Je sais que la bosse des maths se révèle

parfois tardivement, mais je sais aussi que toutes les heures, consacrées à apprendre par cœur les questions de cours du bachot, ont été pour moi du temps perdu et bien perdu.

Une seule consolation : le peu de géométrie dont je me souviens me permet maintenant d'apprécier les perles suivantes qui, rondeur oblige, seront d'abord consacrées au cercle : *Le cercle est un rond fermé dont le centre est au milieu.*

Le cercle c'est rond, il est pas carré, il est tout rond; des fois il est un peu tordu.

Le cercle est une figure plane dont les quatre coins sont égaux au point fixe appelé centre.

Une circonférence est une ligne droite fermée.

L'hypoténuse n'a pas de *h*, mais elle a deux définitions : *L'hypoténuse d'un cercle est le point le plus éloigné du centre de ce cercle.*

L'hypoténuse est la ligne qui coupe le cercle en son angle droit en passant par la petite base du grand côté.

Le triangle, lui, ne pose pas de problème d'orthographe, mais il en pose bien d'autres : *Un triangle, comme son nom l'indique, comporte trois côtés.*

Le triangle est un carré à trois angles.

Un triangle dont les trois côtés sont égaux est un triangle équitable.

Un triangle rectangle isocèle est un triangle carré.

Pour trouver la surface d'un triangle, on multiplie la petite base par la grande base.

*

En mai 1968, les professeurs en grève se réunirent un peu partout. Comme les élèves, comme les parents, ils avaient aussi leurs idées sur la réforme de l'enseignement.

– Que l'inspecteur soit d'accord ou non, me dit une institutrice, j'appliquerai la formule du mi-temps dans ma classe. Travail le matin; activités dirigées, dessin, chant, éducation physique l'après-midi.

– D'ordinaire, me dit un professeur de maths, lorsque l'inspecteur nous réunissait pour une conférence pédagogique, je jouais aux morpions. En mai 1968, les réunions ont eu un tout autre caractère et nous avons vraiment eu le sentiment qu'il fallait changer quelque chose. J'ai par exemple décidé de réunir les instituteurs du canton et de leur demander d'enseigner de la même façon la règle de trois.

Ce qui ne les empêchera peut-être pas de s'entendre dire comme cette jeune institutrice :

– Mademoiselle, je peux pas apprendre la règle de trois. Je suis tout seul.

Il est donc essentiel que les professeurs parlent le même langage. C'est pourquoi tous les élèves devraient apprendre les mathématiques nouvelles. Elles représentent en effet un grand progrès, au point que certains parents se découvrent grâce à elles une bosse des maths qu'ils croyaient bien ne pas avoir.

Maths anciennes ou maths nouvelles, la ligne droite est toujours le plus court chemin d'un point à un autre, mais ce chemin reste semé de pièges dans lesquels tombent les cancres.

Par deux points distincts, on peut faire passer une droite et une sœur.

Si la droite ne passe pas par le point A, elle n'en passe pas loin.

La droite D coupe les droites A et B respectueusement en les points...

La racine carrée exacte est une racine carrée dont les côtés sont égaux.

Le produit des moyens est égal au produit des externes.

Sans oublier cette vérité générale qui vaut pour tous les problèmes : *En mathématiques, il faut toujours calculer avec des suppositoires.*

*

Les élèves ont souvent de la peine à retenir le terme de quadrilatère et ils en font : *Un motorectangle, un quadruplède, un quadrilipède, un quaquagénaire.*

En revanche, ils savent que *le quadrilatère est un triangle à quatre côtés.*

Il y a toutes sortes d'angles : *Les angles aigus, les angles droits, les angles autobus – et les angles jacassants.*

Un angle obtus est un angle comme une grosse montagne.

Un angle qui a son sommet en dehors est un angle soignant.

Un angle est partagé en deux par une biceps trisse.

Un sommet est une pointe de deux angles.

*

Je ne sais si Alphonse Daudet était fort en maths quand il allait à l'école, en tout cas, il a écrit dans *Tartarin de Tarascon : A se croire en pleine Afrique, à dix mille lieues de Tarascon.*

Or, si l'on calcule bien, dix mille lieues font quarante mille kilomètres, soit le tour de la terre... et l'on se retrouve donc à Tarascon.

Autre cancre en maths, Théophile Gautier, dans *le Capitaine Fracasse : De grandes rides perpendiculaires et semblables à des coups de sabre sillonnaient ses joues de haut en bas.*

Un jeune lecteur de ladite phrase m'a raconté qu'il demanda à son père ce qu'étaient exactement des perpendiculaires. A quoi, ledit père, aussi cancre en géométrie que Théophile Gautier, répondit :

— *Des droites perpendiculaires sont des droites parallèles de haut en bas.*

Perle digne de celles qui ornent les devoirs de maths des jeunes élèves : *Dans un triangle rectangle, les médiatrices se coupent au milieu de l'hypothèse.*

Dans un triangle rectangle, le côté opposé à l'angle droit s'appelle la méduse.

La médiatrice d'un segment est la ligne qui part d'un point quelconque de l'Equateur.

La médiatrice enjambe la cinquième droite du carré en passant par le grand côté.

*

J'ai souvent dit que l'enseignement faisait trop de place aux grands capitaines et pas assez aux grands savants. En voici tout de même quelques-uns dont les cancres ont entendu parler : *D'abord, Euclide était un ecclésiastique et non un mathématicien. La preuve, c'est qu'il n'a pas fait de postulat mais un apostolat.*

Archimède inventa l'engrenage, qui ne trouva sa pleine utilisation qu'avec l'invention du moteur à explosion et du réveil, quelques années plus tard.

Ambroise Paré inventa la filature des artères.

Papin était si petit qu'on l'avait surnommé le Bref. Un jour, en faisant son café, il fit verser sa cafetière qui laissait échapper de la vapeur. Il la mit sur roues. Ce fut la première locomotive.

Une élève de sixième, à qui l'on demandait de citer un homme célèbre dont le nom commence par G, répondit :

– *Guebwiller parce qu'il a inventé le ballon.*

Mais, selon certains cancres, *les frères Montgolfier ont inventé les Mongols : ce sont de gros ballons ronds.*

Selon d'autres cancres, *ils inventèrent un procédé pour que les hommes gonflés d'air s'élèvent dans le ciel.*

Emplâtre de Rozier fut le premier homme à vouloir traverser la Manche en ballon.

Sous Napoléon Ier, Laennec inventa un nouveau moyen d'auscultation : le périscope.

Au temps de Napoléon, Chappe inventa le télégraphe algérien.

Niepce et Naguerre ont inventé la photographie sans fil.

Bismarck était le troisième inventeur de la machine électronique.

L'inventeur du gramophone est Toma et 10 hommes.

Pasteur a découvert le vaccin avec plein de rage. – Il a inventé le lait qui maintenant porte son nom. – C'est un bienfaiteur de l'humidité. – Grâce à Pasteur, nous sommes tous piqués.

Marie Curie a découvert le radius.

Selon un élève de l'athénée de Florennes, en Belgique, *on a fait le premier film en 1895. Il était sourd et muet et il était immobile.*

Des acteurs qui sont depuis longtemps muets jouent encore des rôles dans des films.

Enfin, sachez que l'*on a inventé le papier hygiénique, car avant, les gens lisaient les journaux dans les waters et cela prenait trop de temps.*

UN MONDE DE PERLES

– QUE crache un volcan ? demandait un instituteur à Gérard (sept ans).

– *De la géographie.*

Les cancres, eux, crachent des perles. Et la faute en est aux programmes qui, dans l'enseignement français, ont toujours été beaucoup trop hors du temps.

Comme s'il ne serait pas préférable, au moins à partir de la seconde, de choisir les pays à étudier, en fonction de l'actualité : révolution à Cuba, escalade ou désescalade au Vietnam, guerre ou paix au Moyen-Orient. Les cours intéresseraient alors d'autant plus les élèves qu'ils les aideraient à comprendre les événements du moment.

Il pourrait en être de même pour la géographie générale, qu'elle soit physique ou humaine. Pourquoi les professeurs ne traiteraient-ils pas les tremblements de terre ou les volcans, au lendemain d'une secousse sismique ou d'une éruption importante? Ou encore, le problème du pétrole, à l'occasion d'événements mettant en cause les régions pétrolifères. Bien sûr, certains professeurs le font d'eux-mêmes, mais cette géographie actualisée devrait devenir obligatoire.

En attendant, voyons ce que les cancres retiennent de la géographie telle qu'elle leur a été enseignée ces dernières années.

Selon un élève de sept ans, *la Terre tourne autour du monde.*

D'après une petite fille d'un âge analogue, *elle tourne sûre d'elle même.*

Alors que, d'après un élève de sixième, *le ciel fait le tour de la Terre.*

Selon d'autres élèves, *la Terre tourne sur elle-même, autour d'un axe imaginaire que les savants peuvent voir grâce aux stéthoscopes. – Elle tourne autour du Soleil comme un papillon autour d'une lampe allumée.*

Mais pourquoi la Terre tourne-t-elle autour du Soleil?

– *Pour avoir chaud de tous les côtés.*

Tandis que selon un petit garçon, *pour voir une éclipse, il faut mettre des lunettes parfumées.*

La Terre a beau essayer d'avoir chaud de

tous les côtés, elle n'en a pas moins des climats différents. On distingue :

Le climat équatorial, le climat tropical, le climat désertique, le climat végétarien et le climat polaire.

Autres détails pour ceux qui s'intéressent à la climatologie et à la météorologie : *Il y a différentes sortes de nuages : stradivarius, omnibus, gibus.*

Pour mesurer la pression atmosphérique, deux solutions : un compte-gouttes, un fil à plomb.

En Tunisie, selon un élève du cru, *on mesure l'humidité atmosphérique avec un gros mètre.*

L'eau d'un pluviomètre est recueillie dans une épuisette.

*

Un élève de quatrième m'a écrit l'an dernier : « Nous avons eu le sentiment de perdre notre temps en étudiant les roches. Qu'est-ce que ça nous a apporté ? Nous nous sommes ennuyés toute l'année, choisissant les places du fond pour jouer aux morpions. »

En attendant que la géologie figure parmi les matières facultatives, voici quelques perles que rien ne vous oblige à lire : *Le mica est une roche qui permet de voir si le feu brûle dans le fourneau.*

Les roches métamorphiques sont formées par l'action conjugale de la chaleur et de la pression.

Les roches formées de silice sont des roches silencieuses.

Le gypse provient de la déportation de l'eau salée.

Selon certains cancres, *les roches sédimentaires renferment souvent des faucilles;* selon d'autres, *des faux cils;* et selon les professeurs, des fossiles.

Un des problèmes qui préoccupe le plus les cancres est incontestablement celui de l'érosion et il existe de nombreuses théories à ce sujet.

D'après les uns, *les montagnes vieilles sont arrondies au sommet parce qu'on a beaucoup marché dessus.*

D'après les autres, *les montagnes sont usées par les gendarmes de l'air,* gendarmes que les professeurs préfèrent appeler agents atmosphériques.

Tandis qu'un petit Malgache à qui l'on demandait : « Qu'est-ce qu'une éminence? » répondit :

— *C'est un slip*[1].

1. Publicité gratuite.

Quelques mots des volcans, puisque le sujet est, hélas ! de temps en temps d'actualité :

Les volcans sont des morceaux de montagne pleins de trous.

Des volcans sortent des gaz souffreteux.

Au cours de leurs interruptions, les volcans crachent des larves.

Autres chapitres éventuels de l'actualité, les inondations et leur contraire : la sécheresse.

Un fleuve prend son régime à son embouchure.

Le cours d'eau d'un fleuve suit la même direction que sa descente de lit.

Les méandres d'un fleuve sont les signaux usités de ce fleuve.

Les eaux sont desséchées l'été.

*

Les cinq parties du monde sont l'Europe, l'Asie, l'Amérique, l'Afrique et l'Océanographie.

Intéressons-nous donc à la cinquième, en précisant d'abord que *les mers couvrent 71 % des terres émergées.*

Les deux grands océans glaciaux sont l'Antarctique et l'Article.

Mais sans doute préférez-vous naviguer dans des eaux moins froides. Auparavant, rappelons quelques notions générales :

Sur la Terre, on peut distinguer la platitude et la longitude.

Pour situer un point, il faut connaître la longitude et l'habitude.

La latitude se calcule grâce à la hauteur de l'étoile polaire dans l'hémisphère Nord et, grâce à la hauteur de l'étoile filante, dans l'hémisphère Sud.

Le tropique du concert se trouve dans l'hémisphère Nord.

Le cercle polaire limite le monde autartique et tactique.

Heureusement que personne n'habite à la limite des fuseaux horaires, car il faudrait sans cesse mettre sa montre à l'heure.

Il n'est pas toujours facile de s'orienter. D'autant que, si l'on en croit un élève de l'Ecole nationale de navigation de Marseille, il y a quatre nords : *le nord magnétique, le nord géographique, le nord compas (pour les navigateurs) et le nord qu'on perd.*

Sans être de futurs navigateurs, les autres cancres ont des notions sur la façon de s'orienter : *Le sud, c'est le midi, donc le nord c'est la nuit.*

Quand je regarde le nord, j'ai le vertige derrière moi.

Quand j'ai le nord devant moi, le vent est derrière moi, l'été est à ma droite, l'automne est à ma gauche.

Cela ne vaut quand même pas une bonne boussole qui est *un appareil qui marche devant les vaisseaux.*

On peut faire des expériences avec une boussole et, dans ce but, une institutrice avait chargé un élève de lui procurer un aimant. Le soir, l'élève dit à sa mère :

— *La maîtresse demande si tu as un amant, et si tu veux le lui prêter.*

Quand on n'a pas de boussole, que fait-on ? *La nuit, on s'oriente avec les toiles polaires.*

Les points cardinaux nous sont montrés par la silhouette des gens qui tournent à tous vents.

Attention aux erreurs d'orientation, car vous risquez de vous retrouver dans une zone dangereuse.

— Qu'est-ce qui arrête les bateaux dans la mer des Sargasses ? demandait un professeur à un élève de première.

— *Les corsaires.*

Heureusement, il n'y a pas partout des corsaires et le bateau continue sa route. D'après un élève du cours élémentaire, *il avance avec la vapeur et il tourne avec le dérailleur.*

D'après un autre élève du même âge, *les bateaux avancent poussés par des alices.*

Et, dernière précision : *Ils fendent l'eau grâce à leur entrave.*

N'empêche qu'il y a parfois des dangers,

surtout si l'on sait qu'*en haute mer, les navires essuient des syphons et des tempêtes.*

*

Dans un article de la revue *Films et Documents,* de septembre 1966, Jean Philbert me reproche l'usage que je fais du terme de cancre. « C'est, écrit-il, un terme vraiment péjoratif, humiliant. Il rejoint idiot, crétin. Le professeur qui ose prononcer ce mot à l'égard d'un enfant prend une bien lourde responsabilité quant aux conséquences morales pour le présent et peut-être pour le futur. Les camarades qui ne sont pas visés peuvent eux-mêmes s'en trouver choqués. »

En réalité, humiliant hier, le terme de cancre ne l'est plus aujourd'hui. Le cancre est devenu, et je crois que j'y suis pour quelque chose, un rigolo, un débrouillard sur l'avenir duquel on ne s'inquiète plus guère. Surtout depuis qu'en 1968, M, Edgar Faure a regretté que l'enseignement français soit ainsi fait que « les cancres réussissent souvent mieux dans la vie que les bons élèves ».

Sans aller jusqu'à pousser ses enfants à devenir des cancres, on peut les inciter à travailler plus sérieusement certaines matières que d'autres. Et la géographie du pays où l'on vit a tout de même quelque intérêt, à condition qu'elle ne soit pas une nomenclature de départements, d'affluents et de hauteurs de montagnes.

D'après un élève de Rennes, *la France est située entre les deux hémisphères.*

Tandis qu'un élève des Basses-Pyrénées précise : *La France a une superficie de 551 km² et se trouve dans l'hémisphère. Elle est recouverte de frontières naturelles. De par sa situation géographique, elle est donc un continent économique et maritime. Une frontière conventionnelle la sépare du Palais du Luxembourg et de la Belgique...*

Autres précisions : *La France métropolitaine est la France où il y a le métro.*

Paris est la cathédrale de la France.

Je manque de détails sur l'organisation administrative de la France. Je sais seulement, grâce à une petite Bordelaise de douze ans, que *les quatre sous-préfectures de la Gironde sont la mérie de Bordeaux, le comisaria, la mérie de Caudéran.*

*

Il m'arrive parfois à table de citer des perles reçues dans mon courrier. Ainsi, un jour, je mentionnai cette phrase, communiquée par un ami instituteur : *Le plus haut sommet des Pyrénées françaises est le mont Pellier.*

Cette perle fit beaucoup rire mon Vincent de neveu (huit ans) qui me dit :

– *Comme si tout le monde ne savait pas que le plus haut sommet des Pyrénées était le mont Blanc.*

Il y a pire et le même instituteur a trouvé dans la copie de la même élève : *les principales montagnes de France sont les montagnes Rocheuses, les montagnes du relief et les montagnes qui se jettent dans l'océan Atlantique.*

Tandis qu'un élève du cours moyen affirma : *Les Pyrénées vont de la mer Rouge, à l'est, à la mer Noire, à l'ouest.*

Autres détails sur la géographie physique de notre pays : *La France du nord est protégée du climat polaire par les Alpes.*

Les Alpes ont des pentes à brutes.

Les Alpes se jettent d'un côté dans la mer Méditerranée, de l'autre dans la mer de Glace.

La latitude du mont Blanc est de 4.807 mètres.

Il y a deux sortes de Vosges, les Vosges cristallines et les Vosges gazeuses.

Le Jura est limité au sud par le Danube.

Les Pyrénées n'ont pas de Préalpes.

Le Massif central comprend deux versants : le versant oriental et le versant occipital.

Les cours d'eau prenant leur source dans le

Massif central se dirigent vers la Méditerranée, la Manche et le Pacifique.

La Loire atteint son maximum d'automne à la fin du printemps.

La Seine a un court-circuit très large.

La Seine prend sa source près de Toulon, même qu'on va la détourner pour en faire un port de mer.

La Seine fait des méandres parce qu'elle monte.

Le Niger est affluent de la Seine.

A Bordeaux et à Cognac, les fleuves ont de grands crus.

La Garonne a un régime sans sel jusqu'à Bordeaux, avec sel après.

A croire qu'elle veut maigrir.

Je ne sais, hélas ! rien du Rhône, mais je peux dire *qu'à côté de Marseille se trouve l'étang de bière.*

La côte atlantique est rocheuse en bordure de la mer du Nord.

La côte du Roussillon est la côte Vermicelle.

En Corse, même à l'ombre, il y a du soleil.

A Bonifacio, les maisons tombent dans la mer.

L'île de France se trouve en mer Méditerranée.

L'endroit le plus froid de la France est le pôle Sud.

Il y a dans les mers du Nord du hareng et des sources d'eau de vie.

*

La Noix, le sympathique journal du lycée de Belvès, en Dordogne, rapporte qu'un professeur réputé pour sa sévérité interrogeait un élève sur la Normandie.

– Et ne me racontez pas de sottises, dit-il, je suis originaire de cette province.

– *La Normandie,* dit l'élève, *euh... c'est un pays qui produit de belles vaches.*

En France, il n'y a pas que des vaches : *Les poules françaises sont appréciées pour leur grande taille et leur corpulence. Elles sont racées et spécialisées.*

Les troupeaux de volailles et de porcs s'évadent du climat méditerranéen pour s'installer dans les régions du centre.

On a modernisé l'élevage des volailles en se servant de batteuses qui font pondre beaucoup d'œufs en un court moment.

Dans le Midi, on fait des plantations de vers à soie.

Les poissons qui vivent en Corse sont nombreux.

Le porc n'aimant pas le soleil, il est élevé dans le sud de la France.

Tandis qu'un élève de Milly-la-Forêt à qui

l'on demandait : « Quelles sont les ressources agricoles de notre région ? » répondit :

– *Les ressources agricoles de notre région viennent du Crédit Agricole.*

Quelques mots de l'industrie, en France : *Les Alpes produisent des nouilles blanches.*

Autrefois, la houille servait à alimenter les locomotives qui sont remplacées par l'électricité.

En Lorraine, l'extraction de la houille est facile, malgré l'irrigation.

Le gaz de Lacq est très nocif, ce qui fait qu'on l'envoie dans les pays sous-développés.

On fabrique du caoutchouc à Clermont-Ferrand et le michelin à Dunlop.

Les motocyclettes et les voitures d'occasion se fabriquent à Dijon.

Et je terminerai par cet élève qui écrivit à la fin de sa composition de géographie : *C'est tout ce que nous savons de Marseille.*

L'EUROPE

Interrogé sur les caractéristiques de l'Escaut et de ses affluents, un cancre belge répondit : *L'ouest de l'ouest se jette dans l'ouest.*

Autres renseignements sur la Belgique : *La*

moyenne Belgique est située entre le pôle Nord et l'équateur.

Le climat de la Belgique est influencé par le voisinage des marins chauds du Gulf Stream.

Les langues parlées en Belgique sont le flamand au nord du pays, l'allemand dans les localités de l'est et le français dans les cours d'eau.

Le climat de la Belgique et les eaux de la Belgique sont très humides.

Le Mannenkempis est un fleuve qui arrose la Belgique.

Angers est le principal port de la Belgique.

La population belge est une de ces danses du monde.

En Belgique, on cultive la houille.

Les industries chimiques de la Belgique peuvent exporter des Anglais.

Même dans le cadre du Marché commun, cette exportation ne me paraît pas très régulière et je crois que le cancre avait confondu *les Anglais* et *les engrais.* Mais que dire de celui qui, confondant *moralité* et *mortalité,* écrivit : *La moralité du peuple néerlandais est une des plus faibles du monde.*

Il est vrai que, d'après un cancre israélien, *Les Hollandais ont conquis leur pays en asséchant la mère,* ce qui ne me semble pas tellement moral.

La capitale de l'Angleterre est Londres et celle de l'Ecosse est Scotland Yard.

Autre ville importante : *Interpol.*

La Ruhr est devenue un grand centre industriel parce qu'elle ne possède pas de charbon. Elle est donc obligée d'en fabriquer.

La population de l'U.R.S.S. est de 180 millions d'habitants, tous différents de races et de langues.

En Suisse, on parle quatre langues : le français, l'allemand et la langue de veau.

L'étroit de Gibraltar porte bien son nom puisqu'il a quinze kilomètres de largeur.

L'Espagne fait partie de la pellicule ibérique.

Le monde est rempli d'admirables monuments. Ainsi à Rome, le pape.

Autre monument italien, *la tour de Pise penche d'un côté.*

Et je n'aurai garde d'oublier cet élève qui demandait :

– *Madame, comment ont-ils fait les Italiens pour donner à leur pays la forme d'une botte ?*

L'AFRIQUE

Un professeur avait choisi comme sujet de composition : « Vous prenez l'avion à Tanger et vous vous dirigez vers Dakar. Décrivez ce que vous voyez au sol. »

Un élève remit le texte suivant : *Je monte dans l'avion, nous prenons de la hauteur. A partir de deux mille mètres, il y a tellement de brouillard que je ne peux rien voir au sol.*

Astuce classique de cancre, mais dont le professeur dut rire puisque l'élève eut cinq sur vingt.

Les cancres qui ne sont pas gênés par le brouillard voient bien d'autres choses : *Le socle africain date de l'époque pré-cambronienne.*

En Afrique, il tombe de la neige aussi, mais elle est chaude.

Le relief de l'Algérie est composé de l'halte-là saharien et de l'halte-là terrien.

La langue que l'on parle à Alger est l'algèbre.

L'Algérie exporte des vignobles.

Au Maroc, on cultive des primeurs et des conserves.

Le point culminant du Maroc a une altitude de 800.000 mètres.

Le Nil est un vaste désert qui est à sec en été et subit de fortes crues pendant les pluies. Il se termine parfois par un vaste delta à cause des affluents. Le Nil descend par chutes dans la cuvette du Congo. C'est le plus grand lac d'Afrique.

La respiration est irrespirable dans la forêt équatoriale.

Les deux espèces de café cultivés au Congo sont le café vert et le café terrifié.

Il existe des tribus noires où l'on est jamais malade, où l'on ne meurt jamais.

Les Bédouins du Sahara, pour casser leur soif, boivent de l'eau de Javel.

Quant aux Bédouins d'autrefois, voici quelques détails à leur sujet, dus à des élèves tunisiens d'aujourd'hui : *Le chèque dirigeait les Bédouins.*

Le cheik était aidé par un conseil d'attribut.

Les Bédouins vivaient d'éclairage.

L'AMÉRIQUE

Aux Etats-Unis, comme il y a beaucoup de champs de blé et de coton, il y a des usines pour les mettre en boîtes de conserve.

Les Américains mangent beaucoup de corned-bouc.

On produit des textiles grâce au fruit du cantonnier.

En Amérique, on trouve de pauvres quartiers : les bidons vides.

Les Noirs américains sont des musulmans chrétiens.

Au pénitencier de Sing-Sing, on tond les détenus pour en faire des matelas.

Le Mexique est situé en plein essor.

En Amérique du Sud, les montagnes sont formées de plaines.

Le feu des Terres de Feu sert à refroidir. Il est situé dans la partie la plus froide du globe.

La capitale du Brésil est Canada.

L'OCÉANIE ET L'ASIE

Je n'ai pas beaucoup de détails sur l'Océanie, sinon qu'il existe *l'île de Monokini* et que *la capitale de l'Australie est Caramba.*

En revanche, peut-être parce qu'elle est plus grande, je sais beaucoup de choses sur l'Asie. Et d'abord, qu'*elle est située dans l'hémisphère Nord, sauf une partie des Insultes d'Inde.*

Un cancre avait écrit, dans sa composition de géographie, que *les fleuves d'Asie sont le Yang-tsé-kiang et le Chou-en-laï.*

Toute la classe éclata de rire. Comme le professeur demandait les raisons de ces rires à celui qui s'esclaffait le plus fort, il obtint cette réponse :

– *C'est parce qu'il a confondu les fleuves et les montagnes.*

D'autres sources (si j'ose dire), j'apprends que *les fleuves d'Asie sont gelés huit mois sur quatre* et qu'*ils ont un régime très régulier et des crues subites.*

Selon un élève de treize ans : *la Chine était un grand empire. Son empereur s'appelait Céleste. C'est pour cela qu'on disait en parlant de la Chine, l'empire de Céleste. Maintenant c'est la plus grande république du monde avec ses huit millions d'habitants. Son président s'appelle Mao-Saitout. Les principales ressources de la Chine populaire sont : la révolution culturelle, le thé, le riz, l'opium et la famine.*

Et, selon d'autres élèves : *Les hommes pauvres sont habillés comme des maisons.*

L'Asie est le berceau de la civilisation, c'est pour ça qu'on s'y bat tout le temps.

Avant il y avait l'Indochine, le Cambodge, le Lalos. Leurs habitants s'appelaient des Anamites, rapport à leur chapeau qui ressemble aux champignons du même nom.

Quelques précisions sur l'Inde : *Il y a les parias et les barmans.*

La différence entre le Gange et l'Indus est que le premier est indouiste et le second musulman.

Les musulmans pratiquent le boudhisme. Après la mort, les âmes peuvent aller dans les êtres humains, comme la vache qui est sacrée[1].

En Inde, la natalité infantile est importante.

En Asie humide, il y a deux moissons : celle d'été et celle d'hiver. La première vient de la mer et la seconde de l'intérieur des terres.

Il est vrai qu'un autre cancre parle d'*un vent saisonnier : le mousseux* et un troisième de *l'Asie des moucherons.*

Enfin, dernière précision, *l'Himalaya est une chaîne de montagnes où vivent des hamacs.*

LES RÉGIONS POLAIRES

— Pourquoi les fjords se trouvent-ils dans les pays nordiques ? demandait-on à un élève.

— *Parce qu'ils aiment le froid.*

Si vous aimez le froid, suivez-moi vers le nord. Seulement attention aux icebergs, au sujet desquels il existe d'ailleurs plusieurs théories :

Pour les uns, ce sont *des blocs de glace flottant sur des océans populaires.*

Pour d'autres, *un iceberg est un homme couvert de glace qui vit dans le pôle.*

1. Cette perle d'une lycéenne d'Epinal a été citée par l'*Est républicain.*

Nous voici au pôle Nord. *C'est une immense région glaciaire. Parfois elle lâche des calottes que la mer a creusées depuis très longtemps.*

Dans les régions polaires, les hommes habitent dans un pylore.

Pour voyager, *les Esquimaux utilisent un étalage de chiens.*

Une habitation esquimau s'appelle une glacière.

La lumière est une mèche de cheveux qui trempe dans l'huile.

Après le pôle Nord, le pôle Sud, mais les cancres sont formels : *On ne peut vivre au pôle Sud, il fait trop chaud, car la Terre de Feu est toute proche.*

SACRÉ, SACRÉ ALCUIN

En septembre 1968, une petite Parisienne de sept ans à qui sa mère achetait un tablier bleu se plaignit de la couleur.

– Il faut bien, dit la mère, puisque tu vas chez les sœurs.

– *Oh! maman,* s'écria l'enfant, *pourquoi tu me mets pas à la communale. Moi, j'ai jamais de grèves.*

Les écoliers ne sont pas toujours en grève. Heureusement, car sinon ce serait la fin des perles!

A une époque sans grève, on demanda à des élèves de Dordogne : « Qui a créé l'école obligatoire, laïque et gratuite? »

La moitié des élèves répondirent :

– *Charlemagne.*

L'autre moitié :

– *Jules Verne.*

La réponse était bien entendu Jules Ferry, mais que tant d'élèves aient parlé de Charlemagne n'a rien d'étonnant. Et il n'est pas étonnant non plus qu'un enfant ait demandé à sa mère :

– *Dis, maman, c'est vrai que Charlemagne a inventé l'alcool ?*

Tandis qu'un petit Suisse écrivait : *Charlemagne a inventé les colles.*

Charlemagne, inventeur des écoles... L'a-t-on assez répété ? A commencer par moi qui, dans *le Rire en herbe,* ai cité, sans la critiquer, la perle d'un petit Bordelais : *Imbécile de Charlemagne qui a inventé les écoles.*

Or, peu après, France Gall lançait une chanson consacrée à « ce sacré, sacré Charlemagne qui eut cette idée folle, un jour, d'inventer l'école ». Une fois de plus, on ancrait de fausses idées dans la tête des Français. Car Charlemagne n'a inventé ni les écoles ni même les cancres. La fameuse visite, si souvent décrite dans les livres de classe et au cours de laquelle il fait mettre les bons élèves à droite, les mauvais élèves à gauche, est une anecdote apocryphe. On la trouve pour la première fois dans une vie de Charlemagne, dédiée à Louis le Gros et écrite par les moines du couvent de Saint-Gall, en Suisse, qui signaient *der Mönch von Sankt-Gallen* (le moine de Saint-Gall). Et, pour avoir ainsi inventé les premiers cancres de l'histoire de France, le moine de Saint-Gall mérite bien que ce livre lui soit dédié.

L'empereur à la barbe fleurie (qui d'ailleurs ne porta probablement que la moustache) eut surtout le mérite de faire appel au meilleur spécialiste de l'époque, Albinus-Flaccus Alcuin, directeur de l'école d'York. Celui-ci avait commencé par refuser, mais Charlemagne insista et, en 789, Alcuin accepta enfin de venir en France réaliser une réforme de l'enseignement où ni l'écriture ni la ponctuation ne furent oubliées.

C'est pourquoi, si je deviens un jour ministre de l'Education nationale, je remplacerai la Saint-Charlemagne par la Saint-Alcuin. Je m'y suis d'ailleurs engagé le 28 janvier 1967, au micro de R.T.L. autour duquel Jean Bardin m'avait convié, en compagnie de René Goscinny, Jean Cabu et France Gall.

Je ne connaissais pas la jolie chanteuse de *Sacré, sacré Charlemagne* et j'eus la joie de constater qu'elle était merveilleusement cancre. Elle ignorait non seulement l'existence des « missi dominici », mais celle de Ganelon et je crus un moment qu'elle le faisait exprès.

Ce n'est pas elle cependant, mais un Didier de dix ans qui, dans une lettre à un copain, écrivait : *Tu sais, toi, pourquoi qu'on a inventé l'école c'est parce qu'y avait des pions qui savaient pas quoi faire et puis parce que Charlemagne il était trop vieux, un croulant, quoi.*

*

L'histoire commence bien avant Charlemagne et rares sont les cancres qui ignorent les citoyens Cro-Magnon and Co. Des citoyens qui ne se doutaient pas qu'un jour on inventerait des écoles où l'on parlerait d'eux.

LA PRÉHISTOIRE

Les premiers hommes taillaient des fossés avec des outils très historiques dans lesquels ils construisaient des villages d'huîtres.

Les périodes de la préhistoire sont la période des nomades et la période des sénateurs.

Les hommes primitifs vivaient cent mille ans, trois cent mille ans, cinq cent mille ans.

LES ÉGYPTIENS

Les esclaves des Egyptiens construisirent les pyramides à coups de bâton. – Les trois principales pyramides d'Egypte sont Kéops, Képhren et Mérinos.

Les pharaons mangeaient les scribes.

Les pharaons se faisaient enterrer dans des tombeaux, ils étaient mis dans des momies.

Les momies sont des morts trempés dans l'eau bouillante pour qu'ils restent toujours jeunes.

Le corps était entouré de bandelettes... Il était parfumé si fort que, s'il n'était pas mort, il mourrait.

Les Egyptiens peignaient sur les murs des tombeaux des scènes de ménage pour que le mort ne s'ennuie pas.

C'est le savant français Champignon qui découvrit les hiéroglyphes.

Les Egyptiens ne se servaient pas de bœufs, car ils ne connaissaient pas le fer à cheval.

LES HÉBREUX

Le livre des Hébreux s'appelle le testament de la Bible.

Adamo a transmis le péché originel à tous ses descendants.

Esaü vendit le roi des Nègres contre un plat de lentilles.

La Pâque est le jour où les Juifs ont marché pendant quarante ans dans le désert.

La mère Lerouge laissa passer les Hébreux, mais interdit le passage aux poursuivants.

Moïse monta sur le mont Sinaï et y mourut en hauteur de sainteté.

Dieu avait donné ses commandements à des zèbres heureux.

Le roi Salomon coupa les deux enfants en deux pour savoir lequel était vivant.

Isaïe vit un trône et un ange descendre du ciel avec une pincette pour lui brûler les sourcils qu'il avait.

LES PHÉNICIENS

Les Phéniciens étaient de bons navigateurs, car ils ne naviguaient que sur l'eau.

LES GRECS

Les Grecs croyaient en un grand nombre de dieux qui étaient beaux et invisibles comme les Egyptiens.

Cupidon était le dieu des cupides.

Dinosaure était le dieu de la vigne.

Eole était le dieu des ventriloques.

Le dieu de la médecine s'appelait Hyppocrite.

Mercure était le dieu de la chimie.

La Pythie est une jeune fille qui parle du ventre.

Les prédilections de Cassandre n'étaient jamais crues.

Liliane est allée à Troie. Il y a eu un grand combat : beaucoup de sang et mort, et pour finir Ulysse gagna le Marathon.

Pénélope est un grand navigateur grec qui a fait de nombreuses cartes de géographie. – Loin de Pénélope, Ulysse cultivait des champs de sirènes.

Les Spartiates n'ont rien inventé, pas même les scandales.

Périclès est l'inventeur de l'alcool de menthe.

Au temps de Périclès, les Grecs roulaient sur des autostrades.

Diogène était un agent immobilier qui en avait marre des H.B.M. C'est pour ça qu'il s'est fait construire un tonneau par rapport au bruit.

Démosthène mettait des cailloux dans sa bouche et s'enregistrait au magnétophone.

On a sculpté la Vénus de Mulot.

Les trois grands tragiques grecs sont Echine, Sophocle et Sexophone.

Piqûre fut un philosophe grec.

Homère n'a jamais existé, mais c'est lui qui a signé l'Illiade *et* l'Odyssée.

LES ROMAINS

Rome a été fondue par Romulus.

Romulus fit fusiller Rémus qui avait passé le fil.

Numa exigea des Vestales la virginité à certaines cérémonies.

Les magistrats romains sont les métreurs et les questeurs.

Dans la Rome antique, le suicide était puni de mort.

A côté de l'autel domestique étaient les photos des ancêtres.

Chez les Romains, on se servait avec les doigts et, entre chaque plat, un esclave présentait une coupe contenant de l'eau pour se laver les pieds.

Pendant les guerres puniques, *Annibal passa le col du Perthus avec une armée de centenaires perchés sur des éléphants.*

Carthage fut brûlée, ses habitants rasés.

Alors que, d'après des élèves tunisiens, *Annie Ball veut venger Carthage. Mais les Romains occupent l'Afrique du pôle Nord.*

Revenons à Rome où *les courses de chars se déroulaient sur un aérodrome.*

Les gladiateurs entraient dans l'arène en disant :

« Ave, Caesar, Marie Curie te salutant. »

Tout cela n'empêchait pas de nouvelles conquêtes, de nouvelles entreprises : *Les Romains faisaient surtout des guerres militaires.*

Les Romains ont construit les ruines de Palmyre.

La région d'Afrique occupée par Jules César s'appelait Cléopâtre.

Et dernier détail : *César avait les cheveux chauves.*

LE CHRISTIANISME

Un petit François revenait du catéchisme :

— Qu'as-tu appris aujourd'hui ?

— *En ce moment, on en est aux aventures de Notre-Seigneur Jésus-Christ.*

Que ces aventures soient enseignées au catéchisme ou en classe d'histoire, elles sont l'occasion de perles analogues.

Les chrétiens étaient des personnages. Ils étaient très nombreux. Jésus-Christ fut nommé trente ans après sa vie, ainsi que quelques disciples.

Jésus-Christ a été conçu du Saint-Esprit au nez de la Vierge Marie.

Il a été mis en croix et il a rendu l'esprit saint.

Le Saint-Esprit est la troisième personne du singulier.

Le roi Baudouin Ier de Belgique avait six ans et se préparait à faire sa première communion privée quand on lui demanda :

– Quels sont les endroits où va l'âme après la mort ?

– Le ciel... l'enfer...

– Et le pur...

– *Le purgatif.*

Toujours au catéchisme, mais en France :

– Il y a des gens qui n'adorent pas Dieu. Donnez-moi un exemple.

– *Moi, m'sieur l'abbé,* répondit un gamin de dix ans, *j'adore le chocolat.*

LES GAULOIS

Comme les historiens, les cancres ne sont pas toujours d'accord. Selon les uns, *les Gaulois habitaient dans des ruches.* Selon les autres, *dans des bus.*

Avis partagés aussi, en ce qui concerne l'habillement : *Du cuir de pneu – des baies – des braises.*

Deux versions également à propos des monuments gaulois. D'après les uns, *les Gaulois construisaient des monuments en pierre. C'étaient les menhirs et les abdomens.*

D'après les autres, ces monuments étaient *les dolmens, les menhirs et les obélix.*

Les Gaulois vivaient très vieux, car ils buvaient de l'immortel.

Les Druides coupaient le gui avec une cédille.

Les Romains construisirent en Gaule des villes ornées de barbares.

Ils attaquèrent la Gaule de leurs cousins germains.

D'après une petite fille, *à Alésia, le chef des Gaulois était Astérix.*

Une flèche perça de part en part le cœur de Vercingétorix, mais celui-ci n'eut rien, car elle n'était pas empoisonnée.

Les Gaullistes, sous la conduite de Vercingétorix, battirent César.

François Ier fut guillotiné à Alésia[1].

LES BARBARES

Au Ve siècle, les grandes invasions furent faites par les Wisigoths, les Ostrogoths et les Escargots.

Et aussi, selon un élève belge, par *les Ostroïdes et les Autobogands.*

1. Cette perle, citée par *le Progrès de Lyon,* est due à un candidat au certificat d'études de Lons-le-Saunier, en 1967.

Les Uns sont des Barbarismes qui viennent d'Asie.

Les Huns faisaient la guerre en veston et n'avaient pas de volants à leurs chevaux.

Les uns étaient habillés de peaux de mouton masquées d'une crême. Ils ne s'arrêtaient pas pour faire boire leurs chevaux et pour manger.

Mérovée vainqueur des Huns les rejeta au-delà du ring.

LE MOYEN AGE

Les principales dynasties sont les Mérovingiens et les Collégiens.

La bataille de Soissons eut lieu à Tolbiac.

Clovis s'est converti au cataclysme.

En baptisant Clovis, saint Rémi lui dit :

– *Ferme la tête, court Sicambre.*

Grâce à la pluie des évêques, Clovis devint le chef de la Gaule.

Mais un petit Marc de huit ans affirme que *Clovis s'est fait pâtissier à Reims.*

Charles Martel arrêta l'aviation arabe à Poitiers.

Selon un élève tunisien :

Les Carolingiens étaient ainsi appelés parce qu'ils séchaient leur linge sur un carreau.

Alors que, selon des élèves français, *les*

Carolingiens s'appellent comme ça parce que les grands-pères étaient carrossiers.

Charlemagne est né de 768 à 814.

En 800, il fut couronné empereur d'Océan.

Charlemagne voulut instruire les clercs, car ils perdaient leur latin.

Il fouettait les mauvais élèves avec des vierges.

En 843, fut exécuté le traître de Verdun.

Le roi Louis VI le Gros a soumis Charlemagne en 1066. Il a combattu en 1214.

La conquête de l'Angleterre fut faite en dix mille soixante-six.

Bouvines était une jeune fille.

Philippe-Auguste a gagné en 1014 la bataille de Bouvines, grâce aux missiles communistes.

L'ISLAM

L'Islam est né en plein dessert.

Mahomet fut chassé de la Mecque. Il partit à Médine et revint en Triumph.

D'après un petit Tunisien, *le Courant est la source de l'Islam.*

Tandis que selon des petits Européens, *le livre saint des Arabes est le Cormoran.*

Les Arabes, pour inventer les Arabesques, avaient inventé la machine à écrire.

Les chefs de l'Islam étaient très puissants, en particulier le caniche de Bagdad.

Les princes ottomans avaient comme premier ministre le grand viseur.

LES CROISADES

Bernard Lhermite prêcha la première croisade.

– Elle aboutit à la prise de la Bastille.

La principale étoffe ramenée des Croisades par les Croisés est le tergal inventé par les Turcs qui l'avaient appris des Chinois.

Saint Louis partit défendre le tonneau du Christ. – Il fut couronné empereur en l'an 2000. – Après sa mort, il fut colonisé.

LA CIVILISATION AU MOYEN AGE

Le régime féodal, c'est le temps où les seigneurs ne faisaient rien et le faisait faire par les serviteurs.

Au Moyen Age, on construisait des châteaux forts pour se protéger des brigadiers.

Les murs des châteaux forts étaient en fer forgé.

Un château fort possède une porte d'entrée

et plusieurs de sortie, et une porte de sortie qui est dans la brousse[1].

On creuse parfois des fossés autour du château et on y plaçait soit des crocodiles. Il y avait aussi des mâchicoulis.

Le jeune noble, après avoir été page, valet et écuyer est adoubé cheval.

Les chevaliers étaient cruels. On les appelait chevaliers frelons.

Ils allaient à la chasse en lançant des flacons.

Ils montaient de beaux palefreniers.

Les paysans du Moyen Age s'appellent les cerfs ou les ours.

Ils déchiffraient les terres.

Le serf était corvéable et épluchable à merci.

Les villages s'établissaient dans les villes ou les campagnes.

Les rois de France étaient des dramaturges, parce qu'ils pouvaient guérir les lépreux en les touchant.

A la cérémonie où ils guérissaient les lépreux, on dit qu'ils touchaient les écuelles.

Autrefois, si un homme du peuple insultait un roi, on le condamnait à mort pour toute sa vie.

L'Inquisition fut terrible en Espagne. On

1. Cette perle et la suivante sont dues à des élèves de Dakar.

venait de loin pour assister aux exécutions : cela fit marcher le tourisme[1].

L'emblème des rois de France était les hélices.

Les Plantagenets sont des plats à manger le poisson pendant le carême.

La gabelle est le plat en or dont se sert le roi en pique-nique.

La taille sert à retenir les robes des gentes dames de la cour.

Les clercs étaient formés dans des endroits appelés clairières.

Les copistes étaient des tricheurs.

Les enluminures sont des lettres passées au minium pour ne pas qu'elles rouillent.

LA GUERRE DE CENT ANS

Mon Vincent de neveu était au cours élémentaire quand l'instituteur demanda :

– Que vous rappelle le nom de Crécy ?

– *Je sais,* dit Vincent, *c'est là où mon oncle joue au ping-pong.*

Naturellement, l'instituteur voulait parler de Crécy-en-Ponthieu, alors que c'est à Crécy-en-Brie que mon équipe de ping-pong a subi une défaite presque aussi mémorable que

1. Cette perle est due à un élève d'une école hôtelière.

celle de Philippe VI par Edouard III. Je précise néanmoins, à l'intention des historiens du pongisme, que par la suite nous prîmes notre revanche.

Revenons à la guerre de Cent Ans et plus précisément à ses origines. Selon un cancre, elle est due au fait que *le roi d'Angleterre avait une relation par voie féminine avec la famille royale française.*

Pour commencer, les Français subirent bien des défaites, et connurent bien des vicissitudes : *A la bataille d'Azincourt, les Français furent complètement rasés grâce à leur mauvaise discipline.*

C'est le roi Charles VI qui mit le premier des archets dans son armée.

Isabeau de Bavière fit couronner Henri V aux détritus de son fils.

Le personnage le plus célèbre de la guerre de Cent Ans est Jeanne d'Arc. Un jeune instituteur des environs de Caen en parla un matin à ses élèves du cours élémentaire. L'après-midi, il vit venir un élève qui lui dit :

— *M'sieur, l'histoire de Jeanne d'Arc que vous nous avez racontée ce matin, j'ai demandé à maman, eh bien c'est vrai.*

Moins vrais, ces quelques détails complémentaires : *Jeanne d'Arc est née à Dorémi.*

Les voix ont dit à Jeanne d'Arc de s'occuper des hommes.

Elle a battu Charles VII à Reims.

Jeanne d'Arc a été brûlée comme souricière, – par la condamnation de l'évêque d'Arcachon.

LOUIS XI

Louis XI est roi de France en 1985. Charles le Téméraire mérite bien son nom. Il mourut (de même que Louis XI). Ils gouvernèrent la France potablement.

Louis XI mit fin à la guerre de Cent Ans par le traité de Bikini.

LA RENAISSANCE ET LA RÉFORME

Un élève, à qui l'on demandait de citer un grand homme de la Renaissance, répondit :

– *La Joconde.*

Autres grands artistes : *Léopard de Vinci,* – et *Mickey Lange.*

Les principaux chefs protestants au Moyen Age furent Luther et Calepin.

Saint Barthélemy détestait les protestants.

A la Saint-Barthélemy, le sang coulait allégrement dans les rues.

Le concile avait sous ses ordres l'archidiacre, le diacre, le sousdiacre et le cardiacre.

LES GRANDES DÉCOUVERTES

Les Portugais, sachant qu'en partant vers l'ouest ils trouveraient une terre non connue, partirent vers le sud.

Le premier qui fit le tour du monde en bateau fut Margarine.

Magellan fit construire un détroit qui porte son nom.

Fit-il ou ne fit-il pas le tour du monde? Deux théories s'affrontent à ce sujet.

D'après un candidat au certificat d'études de Lons-le-Saunier, *il fut le premier à traverser la Manche et fit le tour du monde en avion en 492*[1].

Thèse démentie par un cancre de Pau qui affirme que *Magellan ne termina pas son tour du monde. Il fut assassiné aux îles Philips.*

Passons à la découverte de l'Amérique vue par un cancre de treize ans : *Elle fut découverte par un Italien et parce qu'il l'avait conquise, il l'a donnée à son pays en l'enva-*

1. Cette perle et la précédente ont été citées par *le Progrès de Lyon* du 17 juin 1967.

hissant de puces, d'où son nom[1]. *Et puis par Christophe Colomb qui a donné son nom à la colonie et qui est cause de l'importation des œufs.*

Avant d'être navigateur, Christophe Colomb fut marchand d'œufs.

Il découvrit l'Amérique en regardant dans un œuf, en équilibre sur la pointe, qui lui servait de boule de cristal.

Cette perle est due à un cancre canadien. Alors qu'un cancre français affirma : *Christophe Colomb a découvert l'Amérique en faisant le tour de la France.*

Autre version de l'affaire : *Comme on savait que la Terre était ronde et que les Amériques n'existaient pas encore, Christophe Colomb décida d'aller en sens contraire, c'est-à-dire vers l'ouest.*

Il fut trompé par l'inexistence de l'Amérique.

Quand Christophe Colomb arriva en Amérique, il ne trouva que dix à vingt millions de Méridiens, ce qui était fort peu pour l'époque.

Et, selon un candidat au certificat d'études, *Christophe Colomb découvrit les lentilles.*

En vrac, pour finir, quelques informations qui ne concernent ni Magellan ni Christophe Colomb, mais qui sont tout de même intéres-

1. Allusion bien sûr à Améric Vespuce.

santes lorsqu'on étudie les grandes découvertes : *Les conquistadors se battirent contre les Incas et les pastèques.*

Charles Quint est appelé ainsi parce qu'il prélevait un cinquième de l'or extrait des mines d'Amérique.

Sur les bateaux, on pendait les condamnés à mort au mât de cocagne.

SAINTE CHRONOLOGIE, PRIEZ POUR NOUS

Voir livre page 7.

C'est par ces simples mots qu'un cancre répondit à une interrogation écrite d'histoire. Objecteur de conscience scolaire, il estimait suffisant de savoir où se renseigner sur la question posée. Et peut-être aurait-il pu citer la phrase de Chamfort qui fut pourtant un fort en thème : « Ce que j'ai appris, je ne le sais plus. Le peu que je sais encore, je l'ai deviné. »

Il est certain en effet que je n'ai pas tellement besoin de connaître la liste chronologique des souverains et des chefs d'Etat français, cette liste figurant à la page 1385 de mon exemplaire du *Nouveau petit Larousse illustré.*

Je ne veux pas dire par là qu'il faut tout ignorer de l'histoire de France, mais je crains que l'obligation faite aux écoliers et aux lycéens d'apprendre l'histoire n'ait ôté à beaucoup d'entre eux le goût de lire l'histoire. Et puis comme me l'écrivait, l'an dernier, un élève de quatrième : « Je trouve absolument stupide que l'on s'attarde sur ce qui s'est passé mille ou deux mille ans avant nous, alors qu'à ce jour, en fin de quatrième, nous n'avons encore aucun détail sur les deux dernières guerres mondiales. »

Rien d'étonnant donc à ce que la valse des perles continue. Une valse qui, une fois de plus, consolera potaches et ex-potaches de bien des efforts inutiles.

HENRI IV

Quand Henri IV était petit, il jouait avec ses enfants.

Le pot-au-feu a été inventé par Henri IV.

Sully a dit : « Labourage et pâturage sont les deux gamelles de la France. »

Il fit creuser des canaux et des ponts.

Henri IV aimait beaucoup Sully. Il était très mignon avec lui.

Sully s'appelle comme ça parce qu'il est mort sur le lit.

Henri IV fut assassiné par Marcillac[1].

LOUIS XIII

Marie de Médicis fut un grand homme.

Richelieu gouverna sous l'aspect de Louis XIII.

Sous Richelieu, les astronautes se développent.

Richelieu aida Théodaste Théodorau à finir la Gazelle de France [2].

Richelieu coupa la tête au duel.

Richelieu a fait le singe à La Rochelle.

CROMWELL

Cromwell aimait beaucoup l'économie; il ne la payait pas très cher.

En 1653, Cromwell a fait fermer les bars et les cinémas.

LOUIS XIV

Dans *le Rire en herbe*, j'ai cité la réponse

1. Cette perle est due à une élève de cinquième, mais circonstance atténuante, cela se passait en octobre 1968, au moment où Raymond Marcillac commentait les Jeux olympiques de Mexico.

2. Il s'agissait bien entendu de Théophraste Renaudot et de *la Gazette de France*.

d'un candidat à qui l'on avait demandé : « Que savez-vous de Vauban ? »

— *Nos bancs sont un peu vieux, mais nous les aimons bien quand même.*

Un aimable lecteur m'apporte des précisions au sujet de cette perle dont l'auteur se présentait au brevet élémentaire, un peu avant 1939. Contrairement à ce que je pensais, il avait fort bien compris la question, mais ne sachant rien au sujet de Sébastien Le Prestre, marquis de Vauban, il décida de jouer les innocents et composa un si joli texte que *le Manuel général de l'enseignement primaire* le publia. La conclusion du devoir était : *Cette année, je trouvais mon banc un peu élevé pour moi. L'année prochaine, j'y serai mieux assis.*

Et maintenant écoutons un peu les cancres parler du Roi-Soleil : *Louis XIV n'avait que cinq ans lorsque mourut son petit-fils.*

Louis XIV a fait construire des châteaux comme la maison d'Autriche qui est très belle.

Ceux qui vivaient à la cour s'appelaient les coureurs.

Louis XIV accrochait des étiquettes à ses courtisans pour les reconnaître.

Les deux premières guerres de Louis XIV se terminèrent par des morts.

Condé remporta la victoire de Royco.

Louis XIV renvoya lady de Nantes en 1685.

Il est vrai qu'au certificat d'études primaires de 1965, à Morez, un cancre affirma : *L'édit de Nantes a été révoqué par Philippe Auguste en 1840, parce qu'il était déjà vieux* [1].

Autres affaires religieuses : *Louis XIV rasa Dunkerque et ses religieuses.*

Le pape a soufflé une bulle contre les jansénistes.

Ce qui valait mieux que d'être envoyé aux galères, encore que, selon un cancre de Ruelle, *les galériens condamnés à perpétuité n'accomplissaient pas leur peine jusqu'au bout : ils meurent avant.*

Et nous approchons de 1715, cette date qui nous aide tant à nous mettre en règle avec sainte Chronologie. N'est-elle pas un jalon entre 1515 (Marignan) et 1789 (prise de la Bastille) ? A moins que l'on ne soit très fort et que l'on connaisse aussi 1610 (mort d'Henri IV).

Donc nous approchons de 1715 et, d'après un candidat au B.E.P.C. : *Louis XIV n'était pas prudent, il allait à cheval sans bien savoir et se cassait souvent la jambe; aussi il mourut de migraine.*

1. Perle citée par *l'Indépendant du Haut-Jura* du 17 juillet 1965.

LOUIS XV

Louis XV devint empereur sous le nom de Napoléon III.

En 1763, la France perd ses collines de l'Inde et du Canada.

D'autres cancres disent : *L'Indre et le Canada.*

En 1767, les Génois vendirent la France.

Sans doute à la Corse.

Sous Louis XV, la France s'est agrandie de la Renaissance.

Les trois ordres étaient la noblesse, le clergé et les trois quarts.

*Les philosophes forment l'*Encyclopédie *qui mettra des mois et des mois à paraître. Lorsqu'elle fut apparue, elle assomma le roi déjà vieux et sa puissance s'arrêta net.*

Et pendant ce temps, en Russie, Catherine II était de spots éclairée.

LA REVOLUTION

En 1966, en Aveyron, lors des épreuves du certificat d'études, on demanda aux candidats : « Quelle est l'invention du XVIIIe siècle qui permit le développement de la grande industrie ? » Voici quelques-unes des réponses[1] :

– *La fête des mères.*

– *La fusée russe dans la Lune.*

– *Le suffrage universel parce qu'il a empêché les enfants de travailler après l'âge de huit ans.*

– *Le suffrage, mais ça ne dura pas longtemps parce qu'on créa ensuite le système métrique pour éviter deux poids et deux mesures.*

Avant d'en arriver au suffrage universel, il a fallu faire la révolution : *20 juin 1789 : Serment d'une jeune pomme.*

Les états généraux se proclament assemblée contestante.

Les députés du tiers état jurèrent de ne pas se séparer avant d'avoir donné une contusion à la France.

Louis XVI essaya de maîtriser la récolte.

Mais Mirabeau s'écria :

– *Nous sommes ici par la volonté du peuple et nous n'en sortirons que par la force des balayettes.*

Mirabeau aspirait au ministère pour digérer le roi et la révolution.

Le 14 juillet 1789, c'est la prise de la Bastille qui est notre chant national.

1. Perles citées par *la Dépêche du Midi* du 20 juin 1966.

Les Parisiens furent très contents, car ils ne furent plus guillotinés avant d'être jugés.

En réalité, d'après un autre cancre, *on a pris la Bastille le jour de la fête nationale.*

Le 14 juillet 1790 : fête de la fédération, ce qui signifie le symbole de la Trinité.

10 août 1790 : les Parisiens s'emparèrent des Huileries.

21 janvier 1793 : Louis XVI fut guillotiné. « Quelles furent les conséquences ? » demanda-t-on à un cancre.

– *Louis XVI mourut.*

Plus compétent, un candidat au certificat d'études apporta ces précisions : *La mort de Louis XVI fut atroce, puisqu'il fut empoisonné par son fils Charlemagne qui fut lynché par la foule des Tuileries.*

Et la Terreur continua : *On exécutait les gens sur les chauffe-eau.*

Charlotte Corday assassine Marat, le tribunal a pitié d'elle, elle est guillotinée.

On se bat aussi aux frontières : *Pour faire des munitions, on fondait les cloches des églises. Les gens donnaient tout ce qu'ils pouvaient comme ferraille : vieilles automobiles, boîtes de conserve, capsules de Coca-Cola.*

Et n'oublions pas l'invention du calendrier dont *le douzième mois s'appelait herbivore.*

NAPOLEON Ier

Napoléon, je me l'imagine, grand, costaud, avec son casque luisant, ses habits nets où se miraient les jeunes filles en passant...

Mais revenons un peu en arrière :

– Qu'était Napoléon Ier avant le coup d'Etat du 18 Brumaire ? demandait un professeur.

– *Il était corse.*

Tandis qu'un autre élève à qui l'on demandait la situation de Bonaparte, la veille du 18 Brumaire, répondit :

– *C'était de poursuivre ses études pour être empereur.*

Au fait, que s'est-il passé le 18 Brumaire ?

Réponse d'un cancre : *Bonaparte fit un complot-Formio.*

Ensuite, *son premier travail fut de faire une nouvelle constitution et le pouvoir exécutif et le pouvoir infinitif.*

Un mot de la bataille de Marengo qui donnera l'occasion à un élève de douze ans d'écrire, un siècle et demi après : *C'est une bataille faite par Desaix et qu'il a remportée, c'est même pour ça que pour les récompenser que Napoléon Ier leur a fait servir un plat de veau, et puis, c'est aussi celui que maman réussit le mieux.*

D'après une autre élève du même âge : *Napoléon fut couronné à Nice par Charles X en 1953* [1].

Le pape Pie VII qui n'était pas sorti des Etats pontificaux depuis deux siècles vint à Paris pour le couronnement de Napoléon.

Ce qui me rappelle l'histoire vraie de ce professeur expliquant : « Napoléon enferma le pape réticent à Fontainebleau. » A la suite de quoi, un élève demanda :

— *S'il vous plaît, m'sieur, Réticent, c'est le nom du pape ?*

Cet élève avait d'ailleurs raison de poser sa question et bien des perles proviennent de ce que les élèves ne demandent pas assez d'éclaircissements.

En vrac, maintenant, quelques informations : *Napoléon a mis un préfet dans chaque appartement.*

Les billets utilisés sous l'Empire s'appelaient des assassinats.

Napoléon fit bâtir l'Arc de triomphe afin que les combattants de 14-18 puissent défiler dessous.

Sous Napoléon, les grognards n'avaient presque rien à se mettre sur le dos, même pas des chaussures.

On arrive ainsi à la campagne de Russie, à

1. Cette perle peut paraître invraisemblable, mais j'ai vu le cahier de l'élève en question qui en contenait bien d'autres du même acabit.

propos de laquelle un élève demanda à son professeur :

— *M'sieur, puisque Napoléon était si fou d'aller combattre en Russie, pourquoi vous le lui avez pas dit ?*

Un autre élève (onze ans) expliqua le désastre de la campagne de Russie : *Napoléon a été battu parce que l'abbé Térésina était parti pour le concile et qu'il n'a pas pu revenir à temps pour prêcher la retraite.*

Tandis qu'une petite Bretonne de neuf ans affirma : *Bérézina est un général qui se rendit aux Allemands sans avoir tiré un coup de fusil.*

Et ce fut Waterloo, la morne plaine que l'on sait et la réplique apocryphe de Cambronne, dont un cancre donne toutefois une version nouvelle :

— *La garde meurt, mais ne se vante pas.*

En 1949, les candidats au certificat d'études devaient répondre à la question suivante : « Que savez-vous des batailles de Waterloo et de Sedan ? Quelles en ont été les conséquences pour notre pays ? »

Réponse d'un candidat : *La bataille de Waterloo fut gouvernée par Napoléon III et avait pour femme Eugénie. Il commença à ne plus pouvoir la diriger et c'était un grand malheur. Nous voyons : campagne de Russie, à Wagram par le maréchal de Mac-Mahon.*

Mac-Mahon gagna la bataille de Bazaine. La paix a été signée à Campo-Formio. La campagne de Sedan fut désastreuse; c'est là que Turenne fut mort [1].

Salade digne de celle d'une élève de quatrième, à qui l'on demandait ce qu'elle savait de Napoléon Ier et qui répondit : *Napoléon était un empereur de notre royaume de France, il s'occupait surtout de serrurerie, ce qui l'empêcha de battre Waterloo et ce qui rendait jalouse sa femme Marie Tudor qui le tua dans son bain en faisant une révolution à Exil.*

Si tout le monde ou presque sait que la date de la bataille de Waterloo est 1815, en revanche rares sont ceux qui connaissent la date de la mort de Napoléon. Moi, je sais que c'est en 1821 et je le dois à une anecdote que je raconte souvent.

– En quelle année mourut Napoléon? demandait-on à un élève.

– *Je ne sais pas, m'sieur.*

– Voyons, c'était six ans après Waterloo.

– *Mais, m'sieur, je ne sais pas en quelle année il est mort Waterloo.*

Lorsque je cite cette perle, j'ajoute le commentaire de Talleyrand apprenant la mort de Napoléon :

1. Cette réponse a été citée par *le Journal des Flandres* du 28 août 1949.

– C'est une nouvelle, ce n'est plus un événement[1].

LA RESTAURATION

Un instituteur avait demandé à un élève : « Que savez-vous de la Restauration de 1815 à 1830 ? »

A quoi l'élève répondit : « *Les ouvriers firent une révolution car ils en avaient assez de manger à la gamelle et voulaient avoir le droit de manger au restaurant.* »

Autres détails :

Louis XVIII octroie la Sarthe.

La Terreur organisée par les ultras, sous Louis XVIII, est appelée Terreur blanche parce qu'elle se passait en hiver.

HISTOIRE DES ETATS-UNIS

Certains navigateurs pratiquaient le marché noir afin de repeupler les Amériques en esclaves.

Les Indiens furent mis dans des conserves.

La guerre de Sécession opposa les Nordistes aux Nudistes.

1. Il est également curieux de noter que Napoléon 1er, mort le 5 mai 1821 avait cinquante et un ans, huit mois et vingt et un jours.

LA MONARCHIE DE JUILLET

Le dernier roi des Français fut Louis-Philippe Ier. Il est descendu par la mort.

Ce n'est pas l'avis d'un candidat parisien au B.E.P.C. qui donne une version différente de la fin du règne :

Louis-Philippe chantait très souvent la Marseillaise, et le peuple finit par en avoir assez.

Durant la révolution de 1848, les insurgés promenaient les cadavres de leurs camarades sur des charrettes en criant : « Nous les mangerons. »

NAPOLEON III

Napoléon III était parent avec une famille appelée les Carbonari.

Pour se libérer du gang des Carbonari, il agrandit la frontière française, mais les soldats restent sur la frontière rhénale.

La bataille de l'Alma a été gagnée par un zouave parce qu'il avait les pieds dans l'eau, alors on l'a mis sur un pont pour surveiller la montée des eaux.

Sous le second Empire, on mit au point les microbes, les sulfamides, les maladies vénériennes et l'instruction des jeunes filles. Cela ouvrit beaucoup de carrières aux femmes intellectuelles, mais l'Etat prit en main les établissements d'intérêt public : nationalisations[1]. Tout cela finit mal! D'après un cancre, *Ferdinand de Lesseps était un nouveau chef rapatrié d'Algérie et il conquit la France.*

Un candidat au B.E.P.C. donne une autre version des événements : *A la guerre de 70, lorsque Mac-Mahon fut enfermé, Napoléon III désespéré fit donner les escadrilles de chasse, mais n'osa pas employer la bombe atomique.*

LA COMMUNE

Thiers a fondé le tiers état.

Cela n'empêcha pas l'insurrection de la Commune qui, selon un autre cancre, *était digérée par Gambetta.*

Les insurgés renversèrent la place Vendôme.

Thiers forma une armée de 30.000 hommes et la confia au maréchal de Mac-Mahon dont il prit la tête.

1. Ce texte est extrait de la copie d'un candidat au baccalauréat de Lomé (Togo). Le sujet était : « L'évolution économique et sociale sous le second Empire. »

HISTOIRE COLONIALE

En Algérie, le maréchal Bugeaud a organisé des colombes mobiles pour lutter contre les Arabes.

Lyautey prend les Africains en les amusant.

Léopold II s'occupe beaucoup du Coco et il y bannit la traite des maigres.

Le roi Baudouin qui a épousé la reine Fabiola en 193 a dépecé le Congo.

Charlot a découvert l'Antarctique.

LES GUERRES MONDIALES

– Que craignaient les Français en 1870? demandait-on à un élève :

– *La guerre de 1914.*

A bien réfléchir, cette réponse n'est pas tellement idiote et l'élève voulait peut-être dire que la guerre de 70 fut une guerre préventive.

Un autre élève d'une dizaine d'années, à qui l'on demandait ce que représentait le 11 novembre 1918, répondit :

– *Le début de la guerre de 14-18.*

Et là, sainte Chronologie est en droit de se voiler la face. Elle se la voilera encore plus à propos de la bataille de Verdun, sujet proposé, en 1966, aux méditations des candidats au certificat d'études de Lons-le-Saunier[1] : *Verdun s'est déroulé pendant la guerre de Troie, adversaires : Godefroy de Bouillon, Pierre Lhermite et les Missi Dominici.*

Cette bataille s'est déroulée pendant la guerre de Trafalgar.

Verdun s'est déroulé sous Charlemagne, à Hiroshima.

La guerre fut longue, mais heureusement *le confort était tel que les soldats allaient à la guerre en taxi.*

Beaucoup de ces héros furent tués, mais on ne les oublia pas : ils furent décorés à titre postiche.

Et, selon un candidat au certificat d'études, les deux 14 juillet les plus importants sont le 8 mai et le 11 novembre.

On recommença en 1939. Responsable : Adolf Hitler, l'homme qui, selon un cancre, *avait raté le punch de Munich;* qui, selon un autre cancre, *était herbivore* et qu'un troisième cancre appelait *le fouteur.*

Cependant qu'un quatrième cancre (âgé de douze ans) affirmait : *Hitler est un chansonnier qui a inventé le hit parade à la radio.*

Le traité de Versailles a été envahi. On y a fusillé des églises, des temples, des monuments, des cathédrales.

1. Ces trois perles ont été citées par *le Bien public* de Dijon du 20 juin 1966.

Finalement tout est bien qui finit bien : *Les Américains ont chassé les Allemands de France, comme l'a fait Jeanne d'Arc auparavant.*

Il resta cependant des séquelles, puisque *après la guerre dernière, les Anglais ont été obligés de continuer à manger des tickets pour faire des économies.*

Tout cela n'empêche pas les enfants d'adorer jouer à la guerre. Telle cette petite Jacqueline à qui sa mère disait :

— Ce n'est pas ta place de jouer à la guerre avec les garçons.

— *Mais si, maman, je suis Jeanne d'Arc.*

LE PROGRES ECONOMIQUE ET SOCIAL

Sous le Consulat, l'ouvrier est lié à son patron et ne peut plus en sortir.

1864 : droit de crève accordé aux ouvriers.

Les années qui ont précédé les guerres mondiales étaient inférieures à la mortalité.

Les ouvriers sont pauvres, car les salaires augmentent moins vite que le goût de la vie.

Les industries de transformation sont très développées : elles permettent de transformer les voies ferrées en voies maritimes et aériennes.

Tous les pays ont une industrie de consolation.

L'U.R.S.S. est devenue une puissance comique[1].

Les succès de la civilisation, c'est que nous nous promenons vêtus et non poilus.

Une société d'économie mixte est une société qui dépense très peu et qui est des deux sexes.

Dans certains pays très évolués, les gens peuvent tout payer avec leur tempérament.

Je n'aurai garde d'oublier une petite fille d'Oncy qui, interrogée sur le sort des ouvriers, entre 1815 et 1850, répondit :

— *Les ouvriers sort des usines.*

Mais je préfère terminer par un cancre adulte dont je dois la perle à ma consœur Geneviève Vial-Mazel.

La princesse Bibesco donnait un soir une conférence intitulée « Charles XII et Voltaire ». A l'entrée de la salle, un monsieur s'approcha de Geneviève Vial-Mazel et lui dit :

— *Le programme et les affiches portent la même erreur qu'il faudrait signaler à l'établissement. On a écrit Charles XII. Or, j'ai consulté mon histoire de France. Elle s'arrête à Charles X. Ou il y a erreur sur le programme ou mon histoire n'est pas à jour.*

1. Cette perle est l'œuvre d'un petit Israélien qui voulait bien entendu parler de puissance cosmique.

– Le Charles en question, mon bon monsieur, était roi de Suède, et non de France, répondit ma consœur. Il n'y a d'erreur ni sur les affiches ni sur le programme.

– *Ah! bon, je comprends. Je n'aurai donc pas besoin d'acheter un complément à mon livre d'histoire que je trouvais trop ancien.*

*

Eh bien non, mon chapitre n'est pas terminé et il faut que je lui ajoute un petit supplément concernant les événements de mai 1968, car ils furent l'occasion, sinon de perles, du moins de quelques jolies réflexions qui ne figurent pas dans mon *Livre d'or des mots d'enfants*[1].

Bien entendu, en mai 1968, tout le monde écoutait la radio et regardait la télévision :

– De la Bastille à la Nation, le défilé s'est déroulé sans heurts, disait un reporter.

– *Maman,* demanda un garçon de dix ans, *ça fait combien de jours, cent heures?*

Tandis qu'au lendemain de la première nuit des barricades, un autre garçon s'enquit :

1. Avec un bel esprit d'à-propos, je publiai ce livre le 5 mai 1968, preuve que si j'avais prévu les événements qui se préparaient, je n'en avais pas prévu la date exacte.

– *Dis, papa, c'est quoi les cocktails monotones ?*

Juin 1968 fut le mois de la campagne électorale. Lors d'une de ses interventions télévisées, M. François Mitterand commença toutes ses phrases de la même manière : « Supposons que... Supposons que... Supposons que... »

– *Mais, papa,* dit une petite Marie-Céline, *ce monsieur, c'est un suppositoire.*

En juin 1968, il fut question un moment que Jacques, mari de ma nièce Indiana, se présente aux élections. Il renonça finalement, mais sa fille Marie-Eve (trois ans et demi) n'en savait encore rien et un soir je dis :

– Alors, il paraît que Jacques ne se présente pas aux élections.

– *Si,* dit Marie-Eve, *il se présente. Il va faire sa révérence et dire : « Bonjour, messieurs. »*

Toujours en juin 1968, une Lola de trois ans et demi dit à sa mère :

– Je voudrais un vélo dans mes souliers.

– Mais ce n'est pas encore Noël.

– *Si ce n'est pas Noël,* dit Lola furieuse, *alors c'est la faute des étudiants.*

J'ignore si les historiens des temps futurs attribueront autant de responsabilités aux étudiants ou si, comme ce journaliste hongrois, ils affirmeront que le vrai responsable c'est moi.

— Les étudiants de 1968, m'a-t-il dit, étaient les lycéens de 1962 à qui *la Foire aux cancres* a montré tous les défauts de l'enseignement français.

Du coup, j'ai demandé à Daniel Cohn-Bendit, qui fut l'étincelle rousse des événements de mai, s'il avait lu *la Foire aux cancres.*

— Non, me répondit-il.

Et il affirma, paraît-il, à un journaliste qu'il n'avait pas lu non plus Marcuse.

Si l'on excepte les députés blackboulés aux élections, Daniel Cohn-Bendit aura finalement été le seul puni de mai. A la Foire du livre de Francfort, où j'ai fait sa connaissance en septembre 1968, je l'ai entendu se plaindre à Thérèse de Saint-Phalle :

— Ce n'est pas un homme qui fait les événements. Pourquoi ne me laisse-t-on pas rentrer en France ? Je voudrais poursuivre mes études, et si l'on me permet de revenir, je serai sage.

Le lendemain, le sage Daniel organisait une manifestation contre le Prix de la Paix décerné à Léopold Senghor et se retrouvait, pour quelques jours, en prison. Ce qui lui permit peut-être de lire Marcuse et *la Foire aux cancres.*

LE MOT INJUSTE

Le 1er avril 1966, je faisais partie des invités de Paris-Club et j'avais apporté une ravissante poupée, coiffée d'un bonnet d'âne, que j'offris à la jeune femme qui m'interviewait.

Après quoi, j'annonçai aux téléspectateurs qu'une distribution gratuite de poupées aurait lieu toute la journée, à la grande fabrique des cancres, 110, rue de Grenelle, à Paris. Mais les poupées ne seraient offertes qu'aux vrais cancres, pouvant présenter un devoir ou un carnet de notes orné d'un zéro.

Je précisai qu'en cas de difficultés, il suffirait de demander de ma part le patron, « monsieur Christian ».

— Je ne peux vous dire que son prénom, ajoutai-je, car vous savez que la publicité est interdite à la télévision.

Or l'adresse que je venais de donner (110, rue de Grenelle) était celle du ministère de l'Education nationale. Je me gardai bien de m'y rendre, mais, si j'en crois *Paris-Jour* du 4 avril 1966, « il y eut beaucoup d'amateurs qui, toutes affaires cessantes, se ruèrent rue de Grenelle ».

Quant aux téléspectateurs de province, ils m'envoyèrent 110, rue de Grenelle des devoirs notés zéro. Devoirs que, sans rancune, les fonctionnaires du ministère me firent aimablement suivre à l'O.R.T.F, d'où on me les réexpédia à la Cancrerie[1].

Parmi ces devoirs, il y avait bien entendu des dictées, mais comment en vouloir aux cancres quand on voit tous les pièges de la langue française ?

– Je n'y peux rien, disait un moutard. J'ai eu la malchance de naître français et d'être obligé d'apprendre la pire langue du monde.

La pire peut-être pas, mais je pense quelquefois aux étrangers qui doivent prononcer des phrases du genre : *Nous portions des portions. Je vis des vis. Je suis content qu'ils content une histoire.*

Sans oublier cette phrase qu'aimait citer

1. Je profite de l'occasion pour remercier les P.T.T. qui, ces dernières années, m'ont fait suivre plusieurs lettres portant cette seule adresse, *Jean-Charles, la Foire aux cancres, Paris.* Mais, cela dit, il est plus sage de m'écrire chez mon éditeur dont l'adresse figure à la fin de ce livre.

Courteline : *Cet orgue est le plus beau des plus belles.*

Lorsque arrive l'heure de la dictée, il y a bien d'autres pièges à éviter.

Comment savoir si ce jeune homme est *à l'armée* ou *alarmé ?*

Cette petite fille a-t-elle aperçu, dans le ciel, *sept oiseaux* ou *cet oiseau ?*

Ce monsieur se promène-t-il dans *l'étroit chemin creux* ou dans *les trois chemins creux ?*

Et faut-il comprendre que *son flanc était ouvert* ou que *son flan était tout vert ?*

Mais les cancres ont encore plus d'imagination et les enseignants chevronnés arrivent parfois à être surpris. Celui-ci par exemple qui dictait :

– Il alla dans le champ... point.

Ce qui devint pour un élève : *Il alla dans le shampooing.*

Et j'imagine que l'élève se fit laver la tête par le prof.

De même, une institutrice ne fut pas peu étonnée de voir que « l'attente était longue » s'était transformée en *la tante était l'oncle.*

Certes, le cancre le plus cancre est celui qui ne sait pas écrire le mot cancre. Mais il y a bien d'autres fautes qui valent à leurs auteurs les galons de cancre : *Un pronom relatif a un entre ses dents.*

L'arrêt rodrome est le lieu où les avions se posent.

Autrefois, notre quartier était couvert de trains vagues.

Les paysans pestaient contre le mot vêtan.

La reine Annie est une province d'Allemagne.

Au football, le gardien de but s'appelle aussi le Gaulle.

La fosse à purin n'ose et abonde.

Ils travaillaient dans la laine empestée des fourneaux.

Ma sœur tricote un champ d'ail.

Certes, il ne mourra pas de fin.

Les poissons se concentrent autour du geai lumineux.

Les gras minets ondulaient au souffle du vent.

On aime mieux voir l'étalon de l'étranger.

Je suis descendu du pied d'Estale.

Dans le couloir, on entendait un vague concile à bulle.

Le conducteur n'était que comme eau scie au nez.

Il a été reçu au bac à lauréats.

Mais je ne pense pas qu'il aurait été reçu au baccalauréat si, au lieu d'écrire la célèbre phrase de Pascal, « le silence des espaces infinis m'effraie », il avait écrit : *Le silence des espaces infinis mais frais.*

Je crois cependant que c'est un candidat à un concours de l'administration des finances qui mérite le plus grand bonnet d'âne. Il avait transformé le garde des sceaux en *garde d'Esso.*

*

Lorsqu'on a des doutes, on peut interroger son voisin et demander par exemple :

— *Est-ce que château prend un accent circonspect sur le a ?*

Ou encore lever le doigt et questionner :

— *M'sieur, quand on oublie un mot, on peut mettre un astérix au bas de la page ?*

De leur côté, les enseignants essayent parfois de comprendre la raison de certaines fautes. Un élève avait écrit « un marchand de voiture ».

— Pourquoi n'avez-vous pas mis d'*s* à la fin ? interrogea l'instituteur.

— *Parce que le marchand ne vend qu'une voiture à la fois.*

Un professeur demandait à un élève de sixième :

— Pourquoi faut-il deux *r* à la charrette ?

— *Parce qu'il y a deux roues.*

Réponses dignes de celles-ci, recueillies par le même professeur :

— *On reconnaît les verbes du deuxième*

groupe parce qu'ils ont des temps plus difficiles à apprendre.

– Dans cette phrase, il y a deux propositions : la première est principale, la deuxième est le bébé de la première.

Si je ne craignais pas de commettre un mauvais calembour, je dirais qu'il est illogique de faire trop d'analyse logique. Que de temps perdu en effet à classer ces subordonnées relatives, conjonctives, circonstancielles qui poussent même la malice jusqu'à changer de nom à chaque génération ! Mieux vaudrait faire un peu plus de dictées et de vocabulaire, ce qui n'empêcherait pas les perles.

On dit œil de perdrix parce qu'elle n'en a qu'un et yeux parce que l'homme en a deux.

C'est à partir de deux chevals qu'on dit chevaux.

Dans « a-t-il », le t *est euphorique.*

Et je terminerai par mon Vincent de neveu qui déclara un jour :

« *Il y a deux temps, le futur et le futur simple, dont un ne sert à rien puisqu'ils sont exactement pareils.*

*

Une institutrice avait omis de corriger deux dates sur le cahier d'un élève de sept ans. Un inspecteur, passant ce jour-là, se fâcha tout rouge, et la pauvre institutrice baissa le nez jusqu'à ce qu'elle lise dans le rapport de l'inspecteur cette phrase : *L'orthographe de certains cahiers est defficiente.*

Les deux *f* sont toujours dans le dossier de l'institutrice, alors que l'inspecteur a disparu de l'enseignement.

Et maintenant, allons à notre tour jouer à l'inspecteur.

Examen d'entrée en seconde. La dictée porte sur un passage de *Jean-Christophe* où est décrite la boutique d'un savetier.

Questions : Qu'est-ce qu'un savetier? Qu'est-ce que son local?

Réponse : *Un savetier, c'est un singe; son local, c'est son museau.*

Certificat d'études. *La joie des culs plats ses forces veut dire : Il était si joyeux qu'il se tapait le derrière par terre.*

Classe de fin d'études, dans une école primaire. La dictée racontait un accident. L'instituteur demande :

– Que voulait l'ouvrier blessé? Pourquoi?

– *L'ouvrier voulait qu'on lui coupe la jambe, pour marcher comme les autres.*

Cours moyen, première année.

– Qu'est-ce qu'un port de mer?

– *Un cochon qui nage.*

Cours élémentaire. Un élève devait expliquer « les oiseaux frissonnent » :

– *Cela veut dire qu'ils claquent des dents.*

On demandait à une jeune Anglaise, dans un pensionnat en Suisse :

– Quel est le contraire d'une arme offensive ?

– *Une arme inoffensive.*

Revenons en France pour expliquer un texte de Mistral. L'instituteur a indiqué quelques expressions dont les élèves doivent donner le sens, et les cancres se distinguent :

Manger le bouillon des yeux : *Manger les petites boules de graisse qui sont sur la soupe.*

Tremper la soupe : *Porter la soupière dans la rivière pour la refroidir.*

Toujours des questions, mais à propos d'autres dictées :

– Expliquez « il se pomponnait ». A quel temps ce verbe est-il employé ?

– *Se pomponner, c'est se maquiller. Il s'agit du temps de Louis XVIII.*

– Pourquoi les vêtements des chasseurs sont-ils solides et épais ?

– *Pour qu'ils ne se fassent pas tuer par les autres chasseurs !*

– Comment la belette décimait-elle le clapier ?

– *La belette tournait lentement autour du clapier, avançant décimètre par décimètre.*

– Comment appelle-t-on une année de trois cent soixante-six jours ?

– *Une année bissectrice.*

– Quel est le contraire d'un auteur sceptique ?

– *Un antisceptique.*

– Comment appelle-t-on le parcours du skieur ?

– *Le saloon.*

– Que veut dire le fil de la faux ?

– *Le fil qui tient la faux.*

– Expliquez « avec panache » ?

– *Ça signifie qu'il buvait un mélange de bière et de limonade.*

– Qu'est-ce que le livre de la Genèse ?

– *C'est quand on est jeune.*

– Donnez des exemples de l'emploi du mot meute.

– *Une meute de beurre et une meute de foin.*

– Donnez des mots de la famille de bouche.

– *Bouton : objet servant pour la couture et ayant la forme d'une bouche.*

– Donnez trois mots de la famille de genou.

– *Hibou, chou, caillou.*

– Donnez un exemple de famille de mots.

– *Un loup, deux loups, trois loups, quatre loups.*

— Quel est le féminin de troubadour ?
— *Trouvère.*
— Quelle est la femelle du serin ?
— *La seringue.*
— Comment appelle-t-on celui qui tue le mari de sa sœur ?
— *Un insecticide.*

Et je terminerai par une réponse qui vient non d'une école mais d'un jeu radiophonique, preuve que les cancres sont partout :

— A qui s'adresse l'expression « attendre que les cailles tombent rôties » ? demandait l'animateur à un jeune candidat.
— *Aux personnes qui veulent économiser le gaz.*

*

Les habitants de Fontainebleau sont les Bellifontains, ceux de Périgueux, les Pétrocoriens, ceux de Pont-à-Mousson, les Mussipontains... Des noms aussi compliqués sont autant de pièges à cancres. Mais les cancres réussissent à commettre des perles dans des cas beaucoup plus simples, affirmant par exemple que *les habitants de Paris sont les Pharisiens.*

Les habitants de Vénus sont les Vénitiens.

Les habitants de la Laponie sont les Napperons.

Les habitants de la Crète sont les Crétins.

Les habitants d'Alger sont les Agendas.

Les habitants de Canton sont les Cantonniers.

Les habitants d'Albi sont les Albinos.

Tandis que, prise d'un doute, une petite Belge demanda à son frère :

– *Un habitant des abysses, c'est bien un Abyssinien ?*

Preuve que les perles peuvent se pêcher dans les eaux les plus profondes. Mais le record du genre appartient au cancre suisse qui disait :

– *L'homme de Néanderthal est un habitant de la Hollande.*

Les cancres essayent parfois de comprendre le sens des mots en s'aidant d'une racine commune. Le résultat n'est pas forcément excellent, ainsi dans ce cas : *Emerger veut dire étonner. Immerger veut dire qu'on n'est pas étonné. Submerger veut dire qu'on est très étonné. Racine commune : merger.*

Avec ou sans l'aide des racines, les définitions données par les cancres peuvent être encore plus surprenantes. En voici un petit choix, présenté sous la forme d'un dictionnaire qui ne commencera pas par A, car je voudrais d'abord rappeler cette définition du collier, due à une petite fille : *Des trous avec un fil.*

Et maintenant place aux trous :

ADULTÈRE : *C'est quelqu'un qui est devenu adulte sans le consentement de ses parents.*

ALLITÉRATION : *Action de s'aliter.*

AMBULANCE : *Voiture assez grosse pour transporter les morts à l'hôpital pour qu'on les soigne.*

ANIMAL ARBORICOLE : *Animal qui mange des abricots.*

APICULTURE : *Culture des pommes d'api.*

APOTHICAIRE : *Fabricant d'apôtres.*

ARCHIDUC : *Pont qui servait à transporter l'eau sous les Romains.*

ATHÉE : *Quelqu'un de pressé.*

AUTOBIOGRAPHIE : *Carte pour auto.*

AUTOMATISME : *Usine où l'on fabrique des automobiles.*

BACCHANTES : *Femmes à moustaches.*

BAIONNETTES : *Habitantes de Bayonne.*

BAPTÊME DE L'AIR : *Une partie du premier des sept sacrements.*

BAROMÈTRE : *Petit bar avec toutes sortes de liqueurs.*

BÊTE DE SOMME : *Animal qui garde les enfants pendant leur sommeil*[1].

BIBELOT : *Petite Bible.*

1. Cette définition est due à un cancre canadien. En revanche, un cancre français a affirmé qu'une bête de somme était *une bête qui coûtait cher.*

BISAIEUL : *Monsieur qui a deux grands-pères.*

BLOCUS CONTINENTAL : *Gros rocher*[1].

BOISSON FERMENTÉE : *Boisson qui se trouve dans un état d'agitation morale mal reconnu.*

BOULODROME : *Endroit où on fait du boulot.*

BRU : *Femme de celui qui marie son fils avec une fille.*

CANTAL : *Dix quintaux.*

CHEVALIÈRE : *Bague que l'on met au cheval pour le reconnaître.*

CITÉ : *Une ville plus les appartements.*

COGNASSIER : *Arbre qui donne du cognac.*

CONSOLE : *Contraire d'une voyelle.*

DESSERT : *C'est ce qu'on mange quand on a fini de manger.*

DOCTRINES : *Femme des docteurs.*

DOGE : *Chien assez gros qui a le museau aplati.*

DUCAT : *Territoire d'un duc.*

ÉCOLE ÉPISCOPALE : *Ecole où on copie des épis.*

ÉGLANTIER : *Arbre qui donne des glands.*

ENCENS : *Odeur que dégage le curé pendant la messe.*

ENFANT CAPRICIEUX : *Enfant qui mange des câpres.*

ÉPERON : *Rocher qui sert à monter à cheval.*

1. Cette perle, citée par *le Dauphiné libéré,* vient de Bédarrides.

ÉPILEPSIE : *C'est lorsque la Lune cache le Soleil.*

ESCARMOUCHE : *Objet pour tuer les mouches.*

EURATOM : *Heure donnée par une horloge atomique.*

EXPORTER : *Vendre des portes.*

FANTÔME : *Esprit qui ne se voit pas à l'œil nu.*

FAUSSAIRE : *Homme qui fait des fossés.*

FORAGE : *Action de cueillir des herbes et de les mettre dans les puits pour les bêtes.*

FOSSILE : *Instrument pour couper de l'herbe.*

FRANCISQUE : *Femme franc.*

GÉNISSE : *Femelle du génie.*

GÉOLOGUE : *Homme qui s'occupe de la culture des animaux.*

GIBET : *Endroit où l'on pendait les condamnés avant la guillotine.*

HALETER : *Donner du lait.*

HIPPODROME : *Endroit où l'on garde les hippopotames.*

HOMARD : *Qui vit dans un home.*

HORTICULTURE : *Elevage des orties.*

HUMANISTE : *Homme qui fait rire tout le monde.*

HYPOTHÈSE : *Thèse sur le cheval.*

JOURNALIER : *Homme qui fabrique le journal.*

L' : *Article dénudé.*

LIVRE D'HEURES : *Livre sur lequel sont écrites les heures de la journée pour ceux qui ne les connaîtraient pas.*

LUMBAGO : *Danse argentine.*

MARIN : *Homme qui se marie*[1].

MARTYR : *Homme que les peuples vénèrent et que les nations élèvent au rang des seins*[2].

MÉRIDIEN : *Homme qui habite au bord de la mer.*

MÉTÉOROLOGIE : *Science qui s'occupe des météorites.*

MONOCLE : *Le verre qu'il reste aux lunettes quand elles sont cassées.*

MONOPOLE : *Distinction honorifique qu'obtient un pays qui a un gros commerce.*

MOSQUÉE : *Femme d'un musulman.*

MUSE : *Etait une jeune fille très graisseuse sur les tableaux des peintres.*

NASILLARD : *Qui habite la Nasille.*

OMNIPOTENT : *Impotent d'un membre*[3].

OTAGE : *Personne que l'on tue pour échanger avec une autre personne.*

OTARIE : *Eau qui n'est plus bonne à boire.*

PALMES ACADÉMIQUES : *Ce sont ces objets que se mettent aux pieds les académiciens pour faire de la pêche sous-marine.*

1. C'est la traduction d'une perle commise en anglais : *A mariner is a man who marries.*

2. Cette perle est due à une Libanaise, candidate au bachot.

3. Le même cancre ajouta à la suite : *Un plénipotentionnaire, c'est un impotent de plusieurs membres et pensionné.*

PALMIPÈDE : *Monsieur qui cultive des palmiers.*

PATRIMOINE : *Endroit où se réfugient les moines.*

PÉDANT : *Docteur qui soigne les pieds.*

PHARISIEN : *Gardien de phare en mer.*

PLANCHE : *Un arbre mais plat.*

PLANCTON : *Monsieur qui ouvre la porte dans un grand hôtel.*

PLANTE PARASITE : *C'est celle qui provoque des perturbations radiophoniques.*

PLANTIGRADE : *Endroit où l'on fait pousser des plantes.*

PLATANE : *Avion qui plane.*

PLÉBÉIENS : *Habitants de la ville de Plèbe.*

PLEURÉSIE : *C'est quand on pleure et qu'on a mal.*

POÈTE : *Monsieur qui ne finit pas les lignes.*

POTAGER : *Arbre qui donne du potage.*

POULAIN : *Petite poule du sexe fort.*

PROSE : *Ce sont des vers qui n'ont pas le même nombre de pieds.*

PSYCHOLOGIE : *C'est quand on explore les gouffres.*

PUÉRICULTURE : *Dame qui cultive les enfants.*

PYROMANE : *Homme qui fait du feu avec ses mains.*

QUINQUAGÉNAIRE : *Figure géométrique qui, comme son nom l'indique, a cinq côtés.*

RADIUS : *Satellite d'Uranus.*

RALE : *Cri d'un mort.*

RECULER : *Marcher avec le dos.*

REMORDS : *C'est quelque chose qu'on éprouve la nuit.*

RÉVERBÈRE : *Livre pour les prêtres.*

ROTURIER : *Fabricant de rotules.*

RUSTRE : *Habitant de l'U.R.S.S.*

SALAISON : *Personne qui applique la loi salique.*

SÉDENTAIRES : *Gens qui perdent des dents.*

SENS GIRATOIRE : *Sens dans lequel tourne une girouette.*

SOL FERRUGINEUX : *Sol où l'on attrape des furoncles.*

TIBIA : *Vers parasite de l'intestin.*

TOILE BISE : *Toile faite avec la peau d'un bison.*

VENTRILOQUE : *Monsieur qui a un gros ventre.*

VICISSITUDE : *Petit sac où l'on met des viscères.*

La classe de vocabulaire est finie, sauf pour cet élève qui prend une leçon particulière.

– Voyons, interroge le professeur, comment s'écrit « lyre : ?

– Je ne sais pas.

– Allons, tu sais au moins ce qu'est une lyre ?

– Non.

La mère de l'élève assistait à la leçon; elle crut devoir intervenir :

– *Tu sais bien, on dit : « Boire jusqu'à la lyre. »*

LEUR FRANÇAIS A EUX

— L'*école matérielle nous apprend les rudiments de la lecture,* disait un cancre.

Après, eh bien après, beaucoup trop d'élèves continuent à mal lire : *Il avait beaucoup plu, le docteur était tempéré.*

Pour une perle drôle, combien de fautes navrantes ! Un instituteur me l'écrivait encore récemment :

« Les enfants ne saisissent pas la moitié des mots qu'ils lisent ni la moitié de ce qu'on peut leur raconter. Je vous en fournirai un exemple, l'analyse d'un film vu par une fillette de dix ans : *Ce film est les trois mousquetaires. On dit qu'ils sont trois mais ils sont quatre : d'Artanian, Athos, Portos et Aramis. Ils sont contre la reine Mélardie et contre les cardinals. Ils se battent à l'épée. Constance une jeune fille qu'on recherche par les cardinals. Les gens du village et les mousquetaires jettent des sacs de pommes de terre sur les cardinals assommés.*

On peut être cancre et ne pas aimer avoir tort. Un élève albigeois avait écrit dans une rédaction : *Je descends en bas.*

Le professeur lui demanda s'il pouvait descendre en haut.

– *Parfaitement,* répondit le cancre. *D'un hélicoptère, on peut facilement descendre en haut d'une montagne.*

Toute mauvaise foi mise à part, il est difficile de contester la qualité de perles aux phrases qui suivent et qui ont été pêchées dans des rédactions. La première vient d'une classe élémentaire où l'on avait donné comme sujet : « Le portrait de mon maître[1]. » Un élève écrivit : *Le maître est sévère et son pantalon est de la même couleur.*

Autre description : *Je traversais la cour avec la maîtresse, elle était grande et plantée d'arbres.*

Voici maintenant la bonne élève : *Sa blouse et ses livres sont soigneusement couverts.*

Et le cancre : *A cause de sa faiblesse, il prit difficilement la place de dernier.*

Allons assister à un cours de gymnastique :

1. Cette perle a été citée par Jean Philbert dans un article de *Films et Documents* (septembre 1966).

En grimpant à la corde, les muscles des élèves jaillissaient de tout côté.

La perche s'est plantée droite comme un nid.

Tandis qu'un petit Tunisien affirme : *Lorsque les élèves vont à l'école, ils construisent des rangs.*

La meilleure façon de ne pas commettre de perles est encore de remettre une copie blanche ou presque blanche, comme cet élève de sixième qui se contenta d'écrire : *Je ne peux pas raconter de souvenirs d'enfance, je n'étais pas né.*

Alors qu'un autre élève de sixième écrivit : *Je n'ai jamais été sur une autre planète voir un coucher de soleil et maintenant je le regrette devant ma feuille blanche.*

Les perles noires, c'est-à-dire *made in Africa,* ont souvent une saveur particulière. Ainsi, celle-ci qui me vient de Lomé (Togo) : *J'aime mon village, car c'est là que je suis né et c'est là que j'ai vécu sous les mamelles et les conseils de ma mère.*

En revanche, c'est bel et bien un petit Français de France qui a écrit : *Mon père est succulent.*

Toujours en France, un élève raconte : *Les volets claquent; les mamans appellent leurs enfants pour les attacher.*

Et une candidate au C.E.P. constate :

— *Oh! qu'on est bien le soir dans une maison close!*

A l'intérieur, atmosphère familiale : *Toute la famille était réunie dans la grande salle à manger vide.*

Dans la marmite, l'eau chauffait à gros flocons.

Maman a des cheveux noirs, des yeux marrons, une jupe, des bas, des chaussures, un fichu, une figure rose, des pieds roses, elle a 31 ans et un manteau de bison.

Ma mère découpait les carottes en rondelles de saucisson.

Mon père était assis dans son fauteuil qui lisait son journal.

Mon père fumait la pipe dans ses pantoufles.

Tous les soirs, mon père remontait la pendule pour huit jours.

Il n'y avait rien de cassé, et comme ce jour-là, papa était calme, nous n'avons pas été punis.

A l'ombre d'une vitre, Jean se reposait.

Mon grand-père avait une vieille horloge. Il engraissait les chaînes.

A table!

J'aime le poulet quand il a la chair ferme. Pour cela, il faut choisir dans les poulets du moyen âge.

Le plat que je préfère c'est la poule au riz,

parce que c'est grâce à elle qu'on a des œufs frais.

Nous, à la maison, on mange en même temps que la télé.

J'adore Zorro avec ses moustaches qui cherchent la justice.

Parfois un événement vient troubler le repas. Une panne d'électricité, par exemple : *La lumière éteinte faisait régner l'obscurité.*

Le courant revint pas à pas.

Autre événement imprévu, un télégramme : *On entend japper à la porte, c'était le télégraphiste.*

Télégramme blindé. Enfin, vingt minutes après, on parvint à l'ouvrir.

Mon père lut le télégramme, redevint normal et s'assoupit.

La domestique crut que c'était pour elle. Ses bras tombèrent. Elle devint transparente.

Il est temps d'aller se coucher : *J'ouvre l'électricité. J'éclaire la lumière.*

Le moustique va sur le lustre. Je m'y rends aussitôt.

Je lui décroche un coup de serviette.

Quand je retrouve mon lit, j'ai une exultation, puis je caresse quelques secondes mon couvre-pied qui, au toucher, ressemble à une langue de veau.

Hélas ! les transistors qui raisonnent dans les appartements nous fatiguent.

Pourquoi ne pas faire des projets d'avenir ?

Je veux plus tard être aviateur, car j'ai toujours désiré voler de mes propres ailes.

Combien rêvent ainsi de devenir chevalier du ciel, y compris cet élève-pilote tunisien qui expliquait : *Le domaine de l'aéronautique est plein de vivacité grâce aux lignes aériennes et maritimes... C'est une vie aussi romantique et respectueuse qu'aventurière.*

*

Un instituteur de Haute-Savoie me faisait remarquer récemment : « L'Administration exige toujours que les enfants écrivent à la plume, interdisant le stylo à bille, alors que, dès la sortie de l'école, ils ne se serviront plus que de ce dernier. Pour être fidèles à ce que nous prétendons faire, il faudrait leur apprendre à bien se servir du stylo à bille. »

Le stylo à bile, comme disait un petit Belge, n'empêche pas les perles dans les rédactions, même quand le sujet traité est les vacances : *Nous avons acheté une voiture. Comme cela, grand-maman pourra s'évader de la ville avec ses mauvaises odeurs.*

Au camping, pour se réchauffer, les parents faisaient un feu de camp avec leurs enfants qui crépitaient de joie.

A part le tonnerre, la pluie et les éclairs, tout était calme.

Arrivés au sommet du mont, ils se réchauffèrent avec du café froid.

Et le lendemain matin : *A mon réveil, un doux chant d'oiseau vint m'emplir les oreillettes.*

Je m'étire dans l'air froid et tiède.

De ma chambre, j'entends le couteau qui coupe le beurre.

Je me débouchai les oreilles pour voir si je ne rêvais pas.

Les vacances vont rarement sans imprévu. Ce peut être, hélas ! un accident d'auto, tel celui-ci décrit par des petits Vietnamiens : *L'auto marchait à tort et à travers, car la roue de la rive gauche est cassée dans la vessie.*

L'auto a comme perdu ses pieds.

Le chauffeur donne toute sa force à la réparation, mais il ne trouve pas le bonheur.

Son air est pâle.

Il sait que la dynamo est manquée de feu.

Il examine la machine où il prévoit qu'un cheval sera cassé.

Il le tâte et il le répare.

Les voyageurs sourient à claire voie. Le chauffeur en colère répond d'une façon désinfectante.

Les voyageurs poussent des cris très plaintifs, très aimables.

Ils criaient et pleuraient comme des vers de terre par une nuit d'été.

Ce qui prouve bien qu'un petit Tunisien a eu raison d'écrire : *Dans le moteur se trouvent des pannes.*

Les petits Français assistent aussi à des accidents : *Les voitures se persécutèrent.*

Un terrible accident venait de se dérouler devant le cimeterre.

La voiture renversa un piéton dont les freins avaient lâché.

Des tôles enchevêtrées l'on entendait gémir les cadavres.

Renversé par une voiture, cet homme a été tué. Le pire, c'est qu'il avait aussi une jambe cassée.

Par bonheur, le cycliste en panne fut écrasé par l'auto d'un docteur.

Les coléoptères s'envolèrent, emportant avec eux les rescapés de l'accident.

Ses jambes tremblaient et ne savaient plus où se mettre.

Il aurait pu rester paralysé ou mort toute sa vie.

Il fut sauvé par son instinct de conversation.

Mon ami roulait à vélo. Soudain une pla-

que de verglas. Il tombe et, oh miracle, il se casse la jambe.

Les pompiers mirent tout leur sang-froid pour éteindre le feu.

*

En vacances, il arrive qu'on aille assister à l'arrivée des coureurs du Tour de France : *Une jeune fille embrasse le coureur sur les deux côtés de la joue.*

Un bouquet de roses l'attendait avec impatience.

Réunion hippique : *Les jockeys donnent des coups de cravate à leurs chevaux.*

Peut-être préférez-vous une corrida : *Tout le monde courait vers la reine afin d'y voir évoluer les matadors...*

Un de ces gros taureaux qui labourent toute la semaine et qui combattent dans les arènes, le dimanche !

Si vous n'aimez pas la tauromachie, venez aux Jeux olympiques : *La flamme arrive à Tokyo en courant.*

La médaille d'or a été donnée à un cheval monté par Jockey d'Oriola.

Après la victoire des champions, on joue la Marseillaise américaine.

Dimanche, c'est l'heure de la messe : *Le prêtre parfumait les fidèles avec un ascen-*

seur. Monsieur le curé étonna le Te Deum.

Cérémonie à l'Arc de triomphe : *Mme de Gaulle ranima la femme du soldat inconnu.*

*

Si vous n'avez pas d'auto pour vous rendre à la campagne, prenez le chemin de fer : *Dans le train, je vois une ferme avec des poules et des dindons.*

Admirons le geste auguste du tracteur.

Les bois défilent sur les routes.

Qu'il est bon de voir les arbres qui se faufilent en voyageant en train !

Nous voici arrivés : *Dans les campagnes, les fermes sont groupées par une.*

Les paysans attachent les foins coupés sur la charrue où les bœufs sont entassés.

Je parlais avec un paysan qui avait l'accent du tiroir.

Je contemple la voix tremblante de cet homme vieux et âgé.

En jetant un dernier coup d'œil, mon pas se dirige vers la maison.

C'est l'heure de casser la croûte : *Le jambon est descendu par la fermière qui pend dans la cheminée.*

Et l'énorme morceau de lard salé est posé sur la table par le fermier qu'elle découpera en larges tranches.

Les pommes jaunes alignées comme des soldats, avec leurs queues en l'air qui ressemblent à des baïonnettes.

En route pour la chasse : *M. Dupont part à la chasse. Son chapeau est orné d'une plume de léopard.*

Il guettait le gibier à plat ventre sur le dos.

Le chasseur s'approcha et tout à coup un sanglier s'envola.

Le soir, les chasseurs rentrent chez eux et les lapins aussi.

Il rentrait avec son fils de la chasse, le carnier lesté d'un lièvre. Arrivé chez lui, il montra sa progéniture, disant que cela ferait un mets succulent.

Peut-être préférez-vous la pêche :

On voit des pêcheurs assis au bord d'une rivière qui a tendu sa ligne.

*

Un jeune lecteur vendéen m'a raconté que, dans son collège, il y a chaque trimestre un concours de français. On lit ensuite en public les meilleurs devoirs... et les plus belles perles. J'applaudis à cette coutume, puisqu'elle me permet de citer quelques phrases concernant la mer, dont je savais déjà qu'elle était riche en perles mais pas à ce point : *La mer attendait toujours son mari.*

Au bout de la plage, sur un terrain gou-

dronné, se trouvait un terrain de water-polo.

Sur la plage, un vieux bateau demande : « *Pourquoi viens-tu me voir, petit garçon, moi, vieux tas de ferraille rouillée qui vais bientôt être transformé en bois de chauffage ?* »

Pendant ce temps, *la flotte arriva par un chemin pierreux.*

Il continua de nager et de se noyer.

Elle ne put s'empêcher de lancer des larmes contre les éléments déchaînés.

Toutes les perles maritimes ne viennent pas de Vendée : *Il y avait tant de vaisseaux coulés que la mer en était recouverte.*

Le nageur nage dans l'eau mouillée.

En revenant de la plage, ma cousine qui avait un Solex me poussait pour que je puisse la suivre.

Il peut être dangereux de se baigner, comme le raconte un petit Tunisien : *Un enfant se noie. Ah ! voilà un héros nageur qui descend à l'oued.*

Après quelques mouvements artificiels, il revient à lui.

Soudain l'enfant se lève. Il ne peut pas parler trop car il est évanoui.

*

Partons à la découverte : *Je me promenais assis sur un banc.*

J'étais tout seul avec quelqu'un.

Je m'étais raccourcie en prenant un autre chemin.

Je reçois une goutte d'eau froide et sèche.

Les ronces nous grifferaient le visage si nous n'avions pas pris la précaution de nous munir de pantalons.

Nous nous trouvons en face du pont-levis qui n'existait pas.

A l'horizon s'élevait une tour complètement rasée.

Les seuls êtres humains de l'île étaient les moustiques.

Je tendais l'oreille pour mieux voir ce qui allait se passer.

Nous n'avions plus le temps d'aller plus loin, car nous étions arrivés.

Je m'arrêtais poussé par la curiosité.

On entendait le va-et-vient continuel du fleuve.

Nous retournons frais comme des pinsons qui nagent dans l'eau pour la première fois.

Revenons vers la ville : *Au numéro 42, habite ma tante; elle a deux portes à vitrail, mais elle n'est pas très jolie, car elle n'est pas crépie.*

Les murs étaient couverts de glycérine.

Il frappa à la porte qui répondit : « Qui est là ? »

Les papiers, les livres, les cahiers, les vête-

ments encombraient la pièce. C'était un vrai cafard d'homme.

*

Un professeur a l'habitude d'écrire en face des plus grosses bourdes contenues dans les rédactions des élèves : *A envoyer à Jean Charles.* Ce dont je serais très flatté si ledit professeur n'oubliait pas mon cher trait d'union.

Parmi les phrases ainsi annotées figure : *Oh ! ce n'est pas une réalité, c'est une allusion d'optique.*

Les cancres sont souvent des poètes, mais ils ne doivent pas avoir peur de se lever de bonne heure : *La colline était surmontée d'une couronne de pains.*

C'est un vaste parc merveilleux aux couleurs chatouillantes.

Dans les rayons, dansaient gaiement de nombreux microbes.

Le silence scintillait dans mes oreilles.

Le soir venait mais il n'arrivait pas.

Les saisons se suivent et bien sûr ne se ressemblent pas : *C'est l'automne. Les feuilles tombent des arbres et attendent le printemps prochain.*

J'étais assis sur le bord du chemin quand je vis arriver l'hiver à grands pas.

Il fait froid. Les promeneurs ont la tête enfouie sous leurs épaules.

Il tombe des flacons de neige.

Au printemps, les arbres dépouillés par l'hiver se repouillent.

*

On envoie ses félicitations à la naissance, au mariage et aux obsèques.

Rien de plus agréable cependant que d'assister à un mariage, celui-ci par exemple vu par des élèves de sixième de Milly-la-Forêt : *Les mariés montaient dans une idée noire garnie de fleurs.*

Les voitures ornées de fleurs s'en vont en klaxonnant manger au restaurant.

Les spectateurs prenaient les jeunes mariés en photo dans toutes les positions.

La mariée est vêtue de blanc, l'époux d'un costume gris et le conducteur en a un noir. Conclusion : je pense qu'ils passeront une bonne et agréable journée ensemble.

Le mariage est fini, continuons à nous promener dans le village : *Le facteur de Milly pédale à petits pas.*

Autres villages, autres perles : *Dans la rue, passait une dame du village, la tête baissée à cause du vent qui revenait de chez le boucher.*

Les clients disent : « Bonjour, madame la crémière », sur l'air de Ma Bru s'en va t'en guerre.

Au café, un gros monsieur se délectait dans son verre de vin.

Une grosse boulangère serre les clients sur le comptoir.

Les enfants jouaient à la guerre. Les uns avaient comme bouclier des couvercles de lessiveuse, les autres étaient en carton.

Ici, la bagarre est plus grave : *Il l'envoya mordre la poussière dans le fleuve tout proche.*

*

Quel est le personnage historique ou légendaire que vous admirez le plus ? A cette question, un élève répondit : *Le personnage qui a le plus d'admiration pour moi, c'est Napoléon.*

Intéressons-nous à des personnages plus actuels : *Un vieillard assis ça et là laissait pendre de sa barbe un chien à long poil.*

Ses paupières endormies lui retombaient sur la poitrine[1].

Je voyais dans ses yeux briller mille feux éteints.

Un vieux avec un pantalon et des moustaches de toile grise.

Ses bottes montaient jusqu'aux genoux que je devais retirer chaque soir.

1. Cette perle est due à un élève polonais.

Le vent s'engouffrait dans son pantalon qui lui fouettait le visage.

Il avait un regard tendre avec une barbe blanche.

Ses cheveux lui tombaient dans le dos, et c'est pour cela qu'il n'y voyait rien.

Une écolière devait lire un texte et « relever les détails qui peignent le coiffeur ». Elle écrivit : *On ne peut pas le peigner car il est chauve.*

Autres personnages plus ou moins curieux : *Mon ami est dalmatien : il confond les couleurs.*

Le père portait un chapeau de melon.

Ce n'était pas un bon diplomate : son certificat d'études était son seul diplôme.

Il se chaussait toujours avec des escadrilles.

Il était tellement honnête qu'il ne volait pas son patron.

*

Ponson du Terrail dont on s'est fort moqué disait un jour :

– Je sais tout de même mon français.

A quoi Alexandre Dumas répondit :

– C'est celui des autres que tu ne connais pas.

Les cancres aussi ont leur français à eux :

Je tirai à grandes bouffardes sur ma pipe allumée.

Il n'y avait pas de bague autour de son annuaire.

Il serra cette main en la regardant dans les yeux.

Je vis les portières absentes de la voiture.

« Oui, monsieur », dis-je muet d'admiration.

Cette ville est ma ville natale préférée.

L'ascenseur montait les escaliers quatre à quatre.

Les mitrailleuses tiraient des slaves.

Enfourchant un bateau, il s'élança dans la plaine.

A perte de vue, on entendait ses pas.

Il s'assit sur une petite syllabe basse.

Il s'endormit paisiblement et se réveilla mort.

Ce qui me rappelle la phrase : *« Plutôt mourir que périr. »*

Dans les rédactions, on fait parler les gens et ce qu'ils disent est parfois étonnant :

– Je vous enverrai demain un faisan par mon commis que vous pourrez mettre immédiatement à la broche.

– J'apporte des joujoux pour les enfants qui sont dans ma poche.

– Pitié, donnez-moi quelque chose, des vêtements à manger.

– Mon cœur est écorché depuis la tête jusqu'aux pieds.

*

Comme beaucoup d'écrivains, Honoré de Balzac avait un carnet dans lequel il notait au hasard des pensées, des idées de titres, des plans. Il notait aussi des perles, soit parce qu'elles l'amusaient, soit parce qu'il avait l'intention de les mettre dans la bouche d'un de ses personnages. Par exemple : *Qui trop embrasse a mal aux reins.*

Il ne faut pas courir deux lèvres à la fois.

Mais il paraît que la perle préférée de Balzac était : *Le temps est un grand maigre.*

Je ne sais ce qu'auraient pensé Corneille et Musset[1] en lisant dans une rédaction cette phrase, au demeurant assez belle : *Le temps est un grand maître; la douleur est son valet de chambre.*

Mais je suis sûr que Balzac aurait apprécié ces perles pleines de sagesse : *Le bonheur des uns fait le malheur des sottes.*

Hâte-toi, le ciel t'aidera.

Qu'un ami fidèle est une douche chaude.

Œil pour œil, dent pour dent, c'est la loi du tailleur.

Il ne faut pas tuer la peau de l'ours avant de l'avoir mangée.

1. Dans *Sertorius,* Corneille a écrit : « Le temps est un grand maître, il règle bien des choses. » Et dans *la Nuit d'octobre,* Musset affirme : « L'homme est un apprenti, la douleur est son maître. »

Quand on vous ennuie, faites comme si vous n'existiez pas.

Quand on a commencé une guerre, il faut la finir même si on est tué.

Les gens aiment être étirés sur quatre épingles.

La beauté ne doit pas être standardiste mais individuelle.

La fortune est une chose qui se lapide très vite.

Un bon sujet doit comprendre une thèse, une synthèse et une prothèse.

Pour bien comprendre, il faut savoir résonner et parler.

Moi, je ne suis pas tellement sûr d'avoir bien compris cette remarque d'un étudiant en philosophie : *Kant préfère les sanctions réintégrant l'homme dans la société, par exemple la peine de mort.*

Il est vrai que rien n'est impossible aux philosophes et un candidat au bachot a écrit : *L'homme libre voit le néant se précipiter derrière lui.*

Ce qui, après tout, voulait peut-être démontrer que l'homme a bonne vue.

LE BOUT DU COLLIER

Jargon de faux lettrés, charabia de pédants,
Bravant l'honnêteté en tes mots impudents,
Latin qui abêtis, épuise, édulcolore
Les tristes lycéens qui t'étudient encore,
Puissent les gens de goût, par raison inspirés,
Te remettre au néant dont – las ! – tu fus tiré,
Et qu'enfin éclairés, de par la terre entière,
Tous ceux que tu brimas te taillent des croupières !

Ce poème m'a été envoyé par un instituteur avec, me dit-il, « ses encouragements très sincères – et ceux de plusieurs collègues – pour le bon combat que vous menez et dont les effets commencent à se faire sentir ».

Certes, le latin, ce chancre de l'enseignement, survit encore. Mais il recule et je veux bien croire que j'y suis un tout petit peu pour quelque chose.

On a créé d'abord un bachot littéraire sans latin ni grec et avec trois langues vivantes, ou encore avec deux langues vivantes et une initiation à l'économie. Il y a même eu une option textes anciens, où les élèves n'étudiaient que des traductions et qui aurait été ma préférée si j'avais eu à repasser le bachot.

Enfin Edgar Faure vint, qui demanda un jour à un adversaire du latin :

– Est-ce que Cicéron avait appris l'étrusque ?

En 1968, au nom de l'étrusque, Edgar Faure supprima donc le latin en sixième et promit de le supprimer en cinquième.

Bien qu'encore insuffisants, ces progrès montrent que je n'ai pas eu tort, dans *la Foire aux cancres,* de partir en guerre contre le latin. Certes, cela m'a valu quelques lettres d'injures, mais aucun de mes correspondants n'a pu m'expliquer l'utilité du latin, sinon avec de vagues formules du genre : « Ça donne un esprit logique », ou : « Cela permet de mieux connaître la grammaire française. » Comme si les mathématiques n'étaient pas plus logiques que le latin et comme s'il n'était pas plus simple d'étudier la grammaire française dans un manuel de grammaire française.

Quant à vouloir prouver l'utilité du latin, en rappelant que les lauréats du concours général de mathématiques sont le plus souvent des élèves qui ont fait du latin, c'est se moquer du monde. Il ne faut pas oublier en effet que la plupart des proviseurs font faire du latin aux meilleurs élèves. Ceux qui ne mordent pas étant envoyés par la suite en moderne. Alors que ce devrait être l'inverse et que l'on devrait diriger vers le classique ceux qui ne réussissent pas en maths. Malheureusement, les proviseurs ne sont pas les seuls responsables, il y a aussi tous les parents qui ont le snobisme du latin[1]. Parents imprévoyants qui semblent oublier que, dans les offres d'emplois des journaux, on ne demande guère de gens parlant latin.

Comme me l'écrit fort lucidement un de mes anciens professeurs de latin : « Je crois de plus en plus que nous sommes (les profs) des malfaiteurs publics par la faute des programmes abrutissants. De moins en moins, je crois au bon élève et de plus en plus au cancre. Quant aux études classiques, elles ne peuvent intéresser qu'une minorité d'élèves et j'ai l'impression d'être un peu un diplodocus.

« Je ne brûle pas ce que j'ai adoré. Je crois simplement que le latin pour tous est condamné par l'évolution. Il ne saurait être

1. Dix ans après la parution de ce livre, la situation avait beaucoup évolué. Au point que j'en suis arrivé à me demander si l'on n'avait pas été trop loin dans l'autre sens.

qu'une option parmi d'autres pour ceux qu'il est susceptible d'intéresser, c'est-à-dire à peu près un sur dix des élèves qui en font actuellement. »

Une de mes lectrices a tout de même trouvé une utilité au latin : « J'en ai fait six ans sans déplaisir, m'écrit-elle, et j'en ai retiré une dextérité remarquable pour feuilleter un dictionnaire. Cela me sert à présent pour les recherches dans l'annuaire du téléphone. »

« Malheureusement, m'écrit un professeur d'anglais, l'alliance de la tradition et de la vanité est puissante, et je crains que, longtemps encore, nos meilleurs élèves perdent des heures et des heures à disséquer des textes latins en ignorant une immense partie de la littérature de notre civilisation. »

Or, il est plus utile de lire dans une bonne traduction les chefs-d'œuvre de la littérature grecque et latine que de peiner sur quelques lignes de version. Ces versions ne vont d'ailleurs pas sans perles, mais c'est une bien maigre consolation que d'en citer quelques-unes : *Quand le seuil de la femme heurte le pied de la porte, cela porte malheur*[1].

Pompée et Mithridate se rencontrèrent en nocturne.

1. Communiqué par *Euréka*, journal du lycée d'Alençon.

Le père d'Horace jeta ses yeux à terre.

Cependant qu'un élève de Rennes disait :

– *Dans notre dernière version latine, c'était facile : il n'y avait que des noms au singulier ou au pluriel.*

Tant qu'à faire faire des versions aux lycéens, pourquoi ne pas suivre le conseil de Pierre Gaxotte ? « Si j'avais l'honneur d'enseigner notre langue à la jeunesse, une fois par semaine, je donnerais à mes élèves une version de français en français, c'est-à-dire que je leur demanderais de traduire en une langue simple un morceau de discours officiel, un article de technocrate, une préface à un catalogue de peinture abstraite. »

*

Chacun sait que les codes secrets sont souvent percés à jour. Dans ses souvenirs sur la guerre en Birmanie[1], l'amiral Mountbatten a raconté le truc utilisé par le major-général Messervy pour échanger des messages par radio-téléphone sans que ceux-ci soient compris de l'ennemi.

Messervy choisit deux officiers britanniques qui avaient appris le français suivant les méthodes traditionnelles en honneur dans les

1. « Ma guerre contre les Japonais », dans *Paris-Match* du 21 août 1965.

écoles anglaises. Les deux hommes se comprenaient raisonnablement en français, mais, affirme Mountbatten, « ils le parlaient en vérité si mal qu'ils n'eussent pu être compris même par des Français, à fortiori par des Japonais ! Le succès fut total ! ».

Le truc aurait certainement été tout aussi utilisable avec des Français parlant anglais. L'enseignement des langues étrangères a en effet encore bien des progrès à faire dans nos lycées et collèges. C'est pourquoi, avant qu'il entre en sixième, j'ai envoyé mon Jérôme de fils passer deux mois en Angleterre. A raison d'un autre mois chaque été, j'espérais qu'à la fin de ses études secondaires, il parlerait un anglais compréhensible aussi bien pour des Français que pour des Britanniques.

Les versions anglaises ne vont pas sans perles. Un professeur trouva dans la même classe : *Les gros bateaux lançaient des sirènes aux petits.*

Les gros bateaux donnaient des coups de sirène aux petits.

Ce qui est digne de l'élève qui, au lieu de « L'homme à la cloche répondit », traduisit : *L'homme répondit à la cloche.*

Deux langues étrangères, c'est trop. Sauf pour des élèves qui, à partir de la seconde, auraient la possibilité de renoncer aux maths, et sous réserve qu'ils ne fassent ni latin ni grec. Dans ce cas, la deuxième langue peut être l'allemand et bien sûr cela donne aussi quelques perles dans les versions : *Vers la fin de l'été, les rayons de soleil sont ulcérés.*

D'une main, il prend l'argent qui lui était offert et, de l'autre, il se dirige prudemment vers la porte.

*

Un instituteur m'écrivait récemment : « L'année où Jean-Paul Sartre enseigna la philosophie au Havre, il y eut des résultats très médiocres au bac, en cette matière. Notes déplorables au lycée du Havre et au lycée de Caen. Les épreuves furent corrigées, pour les Havrais, par un professeur dont les idées étaient opposées à celles du jeune professeur existentialiste. Et Sartre corrigea des copies qui lui déplurent. Cela fit du bruit et c'est ainsi que, modeste primaire, j'appris que dans le secondaire des épreuves aussi délicates que la philosophie ou la dissertation étaient corrigées par *un seul* examinateur. Alors qu'au C.E.P. il est pris tant de précautions surtout en rédaction (double et même triple notation). »

En attendant la généralisation de la double correction, on peut espérer que Jean-Paul Sartre aurait été d'accord avec ses ex-collègues pour considérer comme une perle cette réponse pêchée dans une classe de quatrième d'un C.E.S. du Havre. Le professeur, qui avait fait lire à ses élèves un texte de Fénelon, demanda :

– Qu'est-ce que l'aquilon ?

– C'est le vent du nord.

– Bien. Et vous, qu'est-ce que Fénelon ?

– *C'est le vent du sud.*

En revanche, ce n'est pas au Havre qu'un professeur demandait à une élève :

– Vous connaissez Victor Hugo ?

– *Si on le connaît ! Bien sûr, puisque c'est lui qui écrivit les fables de La Fontaine.*

Les cancres ont une excuse, la littérature qui devrait les passionner n'est pas toujours enseignée de façon suffisamment attrayante. En outre, je suis sûr que l'on obtiendrait de meilleurs résultats en commençant par les auteurs les plus récents. Racine, Molière, Corneille, Montaigne, Villon ne devant être découverts qu'à la fin des études secondaires, c'est-à-dire à un moment où les élèves savent assez le français pour affronter une langue plus ou moins différente de celle d'aujourd'hui.

Voici donc, selon ce principe, un bref aperçu de la littérature française, de Jean-Paul Sartre à la Chanson de Roland : *Avant d'être écrivain, Jean-Paul Sartre était maçon.*

C'est lui qui a construit un « mur », mais je ne me rappelle plus lequel, l'Atlantique peut-être.

Valéry, le grand aviateur qui a plusieurs fois risqué la mort à bord de son petit appareil volant, sait ce qu'est le danger et l'héroïsme[1].

Claudel n'était pas hâté.

Verlaine fut plusieurs fois condamné pour affaires de nurses.

C'est à Alexandre Dumas que nous devons « l'étroit Mousquetaire ».

Quand Victor Hugo était enfant, il connut le bonheur conjugal.

Les comédies de Beaumarchais amusaient le roi tout en le renversant.

Voltaire est l'inventeur du fauteuil.

Le style de Voltaire est rapide, brillant et circoncis.

Voltaire fit revisser des procès.

La femme de Jean-Jacques Rousseau était morte en naissant.

Les philosophes et l'encyclopédie essayaient de prévoir le temps.

Montesquieu par ses lectures fut un disciple de Pluton.

Les écrivains qui répandirent des idées

1. Cette perle, due à un candidat au bachot de philosophie, a été citée dans le numéro de juillet 1967 des *Temps modernes*.

nouvelles avant la révolution sont Corneille, Racine et Roncevaux.

Aucun livre ne paraît sans l'autorisation de la tonsure.

La Bruyère, dans ses Caractères, *critique les philatélistes.*

Les poètes classiques écrivent en vers Alexandre.

La principale règle du théâtre est la règle de trois.

Jean Racine fouilla les secrets du corps humain. Il chercha ses pièces dans le cœur des hommes.

Et un élève de seconde ajoute : *Racine n'hésite pas à montrer les faiblesses humaines : le crime, l'adultère qui nous sont si familiers.*

Molière écrivit son premier livre « La Bible ».

Dans la plupart des pièces de Molière, le dénouement a été placé à la fin pour tenir les spectateurs en haleine.

La Fontaine montre les hommes sous la peau des animaux. – Il parle dans la bouche du lion.

La Fontaine met toujours en scène des animaux. Par exemple, le chêne et le roseau.

Dans l'Hymne à la mort, *Ronsard décrit si bien la mort qu'il arrive à la rendre vivante.*

La Ballade des pendules *montre bien l'ambiance de la fin du Moyen Age.*

L'épopée la Chanson de Roland *a été composée sur l'air qu'il a joué avec son cor avant de mourir.*

Un professeur venait d'expliquer que l'on ne savait pas qui avait écrit *la Chanson de Roland.*

– *Si personne ne sait qui l'a écrit,* déclara une élève, *eh bien, je dis : « C'est moi. »*

Que ce soit en histoire ou en français, les cancres ont eu souvent l'occasion de parler de Roland. D'après un camarade de classe de Jérôme, *Roland jouait de la cornemuse.*

Cependant que, dans une rédaction sur le même thème, on pouvait lire : *Roland le brandit de toute la force de ses muscles rompus.*

Autres héros de la littérature du Moyen Age, *Tristan et Iseut devinrent amoureux l'un de l'autre, après avoir bu un café-filtre d'amour.*

Mais j'ai plus de détails sur ce sujet grâce à un jeune élève d'une école d'agriculture : *Tristan ramène à son oncle Yseut qu'il devait épouser. Son oncle a tout de suite été d'accord en voyant la profession de la reine...*

La reine a voulu emmener Tristan chez elle pour la présenter à ses parents...

Tout en faisant la traversée, les deux fiancés ont eu soif et par erreur ils ont bu une boisson qui devait unir deux amours inaltéra-

bles. Cette boisson n'était toujours pas valable. Au bout d'un moment, Tristan a vu une autre Yseut qui s'appelait Yseut au blanc chemin...

Au cours d'une petite bataille, Tristan est blessé à mort... Et alors, il téléphona à Yseut la blonde de venir tout de suite; elle a dit oui, mais l'autre Yseut a dit à Tristan que non, alors il est mort. Quand l'autre Yseut est venue, elle est morte elle aussi effrayée. La légende nous fait croire que la boisson était bonne, mais non.

*

– *Moi,* disait un élève, *j'aurais aimé voir jouer* le Cid *par l'Académie française.*

Pourquoi pas ? D'autant que l'on n'aurait pas manqué d'interprètes pour le rôle de Don Diègue. Et Corneille, ayant été de l'Académie française, ne pourrait se plaindre.

En revanche, je me demande ce que le même Corneille penserait de la façon dont certains cancres résument *le Cid*.

Selon un élève de quatrième, *Don Diègue et son ami s'installèrent confortablement sur un canapé devant un verre de whisky.*

Ce qui explique sans doute qu'un autre cancre ait écrit : *L'allégresse de Don Diègue éclate dès les premiers verres.*

Mais n'oublions pas l'origine du drame : *Le roi a choisi Don Diègue pour être percepteur de son fils.*

D'où le soufflet que l'on sait. Don Diègue s'écrie :

– *Horace ! O désespoir !*

L'attitude de Rodrigue est diversement jugée et un élève écrit : *Si j'avais été à sa place, j'aurais essayé d'arranger ça à l'amiable.*

Admirative, une élève de quatrième note : *Rodrigue fait d'abord son devoir et seulement après l'amour.*

Ce qui explique sans doute que, face à Chimène, *d'une main, il lui tendit son épée et de l'autre son cœur.*

Le Cid n'est pas la seule œuvre classique à avoir inspiré les cancres : *Pauline y va des larmes, mais son mari est imperméabilisé.*

Emilie jette ses vers à la figure de Cinna.

Emilie considère Cinna comme un outil et s'en sert le plus possible.

Andromaque, c'est l'amour maternel fait homme.

Célimène était veuve de naissance.

Tartuffe était amoureux de la chaire.

Célimène est surprise par l'altitude d'Alceste.

Harpagon est avare. Il ne porte pas de vêtements fastidieux.

Harpagon, aveuglé par son avarice, voit des voleurs partout.

Arnolphe éduque Agnès de telle façon que plus tard elle trompera son mari sans s'en rendre compte.

Et pour bien montrer l'influence des classiques sur les jeunes, voici la conclusion inspirée par la lecture de *Tartuffe* à une élève de seconde : *Le vice engendre la vie.*

*

Copiez une récitation de votre choix en vert ou en rose. Cette phrase a été relevée sur un cahier de textes. Pourtant, quand ils récitent, les enfants préfèrent les vers à la prose. Certes, il n'est pas inutile de former la mémoire des jeunes élèves, mais à condition d'utiliser des textes simples. Or, ceux que conseillent aux instituteurs les distingués pédagogues de l'Education nationale sont pour la plupart trop hermétiques ou trop compliqués. Résultat : les élèves récitent sans comprendre et sans se rendre compte qu'ils font des perles. Ainsi Jérôme qui, débitant un poème de Baudelaire, disait :

– *Tellement vous aimez le carrelage et la mort* (au lieu de carnage, bien entendu).

Les poésies les plus simples peuvent donner matière à perles :

Quand on a peur du vent, des loups, de la trompette, Cher petit oreiller que je dors bien sur toi.

Les textes de La Fontaine ne sont pas toujours simples et ont le défaut de contenir nombre d'archaïsmes. Il est vrai que les cancres n'ont aucune peine à moderniser, ce qui donne par exemple :

Vous êtes le shérif des hôtes de ces bois.

Devant réciter le célèbre passage des *Précieuses ridicules,* « votre œil en tapinois me dérobe mon cœur », un élève en fit :

Mon œil en tapis chinois me dérobe mon cœur.

Alors que *la Jeune Tarentine* d'André Chénier subit une métamorphose imprévue :

Elle a vécu, Myrtô, la jeune Tarentule.

En Belgique, une élève voulut citer la fameuse phrase de Montaigne sur les têtes bien faites, préférables aux têtes bien pleines. Mais il faut croire que la tête de ladite élève n'était pas aussi bien faite que le souhaitait Montaigne, car elle répondit :

– *Je préfère un homme bien fait à un homme bien plein.*

*

– *Nous n'avons pas de programme, mais nous devons suivre le programme,* a dit un jour un professeur de musique.

Cette absence de programme n'empêche pas les perles : *La musique est l'art de combiner les sons d'un goût agréable à l'oreille.*

L'objet de la musique qui s'entend par les oreilles se voit par l'ouïe.

Certains professeurs oublient un peu trop que ce n'est pas en dictant des cours qu'ils feront aimer la musique à leurs élèves. Résultat, les perles continuent : *L'anicroche est une note de musique.*

La clef de sol est la maman de toutes les notes.

Une couverture est un morceau de musique qui est joué avant que l'orchestre ne commence.

Un opéra brandebourgeois est un opéra chanté pour les bourgeois.

Le violon soliste est un violon qui joue seul.

Un petit garçon du Havre disait à un de ses copains :

– Il paraît que ta sœur joue maintenant du piano avec brio.

– *Brio,* répondit l'autre, *je ne connais pas de musicien de ce nom-là.*

Les cancres ne connaissent d'ailleurs qu'un nombre restreint de musiciens.

Lulli s'est donné un coup de baguette de chef d'orchestre sur le pied. Comme il était sale son pied a eu la migraine et il en est mort.

Les grandes musiciennes du XVIIIe siècle déposent leurs charmes dans vos oreilles.

L'enfance de Beethoven a été très rude. Dès sa naissance, à quatre ans, son père le mettait dans sa chambre et lui disait de jouer de la musique de quatre ans.

Beethoven (1715-1883) est né très jeune. A trente ans, il est complètement sourd parce qu'il n'y voit plus rien. 1815 marque l'apogée de son règne. Mais en 1820 ses locataires ne le payent plus.

*

Ne quittons pas la classe de musique sans entonner *la Marseillaise*. Jérôme m'a affirmé que son copain Alain chantait :

Entendez-vous dans les campagnes
Mugir ces féroces soldats ?
Ils viennent jusque dans nos bras
Egorger nos fils, nos pintades !

Tel que je connais Alain, cette perle pourrait bien être de culture. En revanche, c'est en toute naïveté qu'un petit Olivier chantait :

Allons enfants de la poitrine,
Le jour de gloire est arrivé.
Contre nous de la pirannique,
Les gendarmes sanglants élevés...

Autre cancre, autre version :

Contre nous de la tirelire,

L'étendard sanglant est lavé.

Un petit Serge préférait *les Allobroges :*

A la broche les vaillants.

Toujours Serge, mais dans *la Madelon :*

Sous la tonnelle, au fond de son jupon.

Et maintenant Claudine, une petite Belge de trois ans :

Un rossignol vint sur ma main

Et me dit trois mots en lapin.

Cependant qu'en Suisse, « je suis petit, mais que m'importe » devenait : *Je suis petit, maigre comme un porc.*

*

– Moi, disait un potache à son jeune frère, je suis dans un lycée d'Etat.

– *Des tas de quoi ?* demanda le moutard.

Des tas de perles, bien sûr, et qui ont trait à tous les sujets, y compris le Code de la route.

Les différentes sortes de routes sont les routes nationales , les routes départementales, les routes occidentales, les routes établissementales.

Il ne faut pas dépasser une certaine vitesse avec une voiture neuve, parce qu'il faut d'abord qu'elle s'habitue à la route.

Pour doubler un cycliste, un automobiliste doit toujours rester au moins un mètre derrière.

Quand deux voitures arrivent à une interjection, la priorité est à droite.

Enfin, n'oubliez pas que, *pour indiquer un cassis, on dessine un soutien-gorge.*

*

L'éducation civique est aussi au programme de nos chers petits cancres, à commencer par Jérôme qui, à onze ans, m'affirma que *la devise de la France était « liberté, égalité, éternité ».*

Quant aux autres cancres, voici ce qu'ils savent : *Tous les sept ans, il y a l'élision du président de la République.*

Il est élu au suffrage universitaire[1].

Lorsqu'un Français se rend aux urnes, il remplit le devoir de six Troyens.

N'ont pas le droit de vote : ceux nés non à terme, ceux ne faisant pas un mètre cinquante.

Les députés sont élus à la surface universelle.

Les maires sont nommés par des craies.

Le maire, divisé en dix tranches, est l'unité principale de mesure de longueur.

A la naissance, nous sommes inscrits sur les tas civils.

1. Cette perle est antérieure aux événements de mai 1968.

Pour se marier, il faut déposer à la mairie le certificat de décès d'un des deux conjoints.

Un décès doit être déclaré dans les vingt-quatre heures. Le maire délivre alors le permis d'humer le mort.

Enfin, selon un cancre belge, *au XVIII*[e] *siècle, tout le monde était égaux. Maintenant, il faut respecter les ministres.*

Cependant que, toujours en Belgique, une élève à qui l'on avait demandé les principales attributions de la Société des Nations, répondit :

– *Protéger les femmes et les enfants des bêtes féroces, leur donner à manger.*

DU HAUT DE LA CHAIRE

A L'HEURE où j'écris M. Christian Fouchet n'est plus ministre de l'Education nationale et les pêcheurs de perles le regrettent. En effet, on lui doit quelques fort jolies phrases, entre autres la promesse de *construire des lycées aux quatre coins de l'hexagone.*

Il est vrai qu'un speaker de Télé-Bretagne a dit :

— *Des jeunes gens sont venus des quatre coins... pardon, des cinq coins de l'hexagone.*

Tandis que, plus compétent, un petit cancre affirmait :

— *Un hexagone est un quadrilatère de six côtés.*

En tout cas, que ce soit aux quatre, aux cinq ou aux six coins de l'hexagone, ces dernières années, on a construit pas mal de bâtiments scolaires. Il en manque surtout pour l'enseignement technique et l'enseignement professionnel qui sont toujours les parents pauvres. Il faudrait aussi que les élèves puissent passer un peu moins de temps en classe et un peu plus sur les stades ou dans les piscines. Seulement voilà, les stades et les piscines continuent à manquer bigrement.

Il y a tout de même un progrès réel dans l'enseignement depuis 1962. En effet, après la parution de *la Foire aux cancres,* les élèves, dont instituteurs et professeurs m'avaient envoyé les perles, ont voulu prendre leur revanche. A leur tour, ils se sont mis à noter les perles de leurs maîtres. Mais pour cela il a fallu qu'ils écoutent en classe, avec une attention accrue. Attention dont il faut bien reconnaître que je suis cause[1].

J'avoue que je ne suis pas peu fier de ma bonne influence sur l'enseignement et je m'en vante volontiers. Ce fut le cas, par exemple à Montréal, en 1966, où, au cours de l'émission de télévision *Relevez les manchettes,* je déplorai que le ministre français de l'Education nationale n'ait pas cru devoir me décorer.

1. Cela vaut aussi pour les pays utilisant les langues dans lesquelles mes livres sont parus, c'est-à-dire, l'italien, le portugais, l'allemand, le danois, le néerlandais, l'afrikaans, le suédois, l'espagnol et le japonais.

– *De la Légion étrangère,* dit un de mes intervieweurs[1].

Jusqu'aux circulaires des proviseurs que les élèves épluchent, afin d'y déceler une perle à me communiquer : *Une nouvelle circulaire vous sera adressée vers le 15 septembre. Elle précisera le jour de la rentrée qui est fixée au 20 septembre.*

Un proviseur de Montpellier a annoncé aux parents d'élèves l'envoi de *six bulletins trimestriels.*

Mme le censeur d'un lycée mixte de Marseille a pondu cette note : *La température se réchauffant, les pantalons sont interdits.*

A la suite de quoi, il paraît que tous les garçons décidèrent d'acheter des kilts.

N'oublions pas non plus cet avis qui fut affiché en 1969, dans un lycée de Besançon : *Les responsables de classes doivent passer tous les soirs au secrétariat pour porter les absents, même s'il n'y en a pas.*

Ah ! et puis, une dernière nouvelle, M. Joël Le Theule, secrétaire d'Etat à l'Information, a annoncé que *le bac 69 comprendrait un écrit et deux orals.*

1. Lorsque M. Roger Frey était ministre de l'Intérieur, il fit un lapsus analogue et dit au président du Conseil général du Loir-et-Cher :
– En vertu des pouvoirs qui me sont conférés, je vous fais commandeur de l'ordre de la Légion étrangère.

*

Contrairement aux journalistes et aux écrivains, les professeurs n'ont pas la ressource de rejeter la responsabilité de leurs perles sur les typographes. Ils ne sont cependant pas sans excuses. Comme l'écrivait un député du Nord, M. Selle, dans *l'Humanité* du 26 novembre 1907 : *Les professeurs ont une tâche impossible, et ils ont à rouler, non pas un, mais vingt tonneaux de Sisyphe.*

Ils en ont même parfois trente, quarante ou plus. Et bien des perles sont la conséquence des classes surchargées et de la fatigue de celui qui enseigne dans des conditions pas toujours faciles. Tel ce professeur d'histoire qui disait récemment :

– *Alfred de Musset étant né aux environs de dix-huit ans...*

Sur quoi, se rendant compte de sa perle, ledit professeur essaya de se justifier : – *Cela arrive, messieurs, que je fasse une erreur après huit heures de cours.*

Comme il n'était que neuf heures du matin, il en résulta un chahut retentissant. Or, là je ne suis pas d'accord, car s'il est normal de recueillir les perles des professeurs, il ne me semble pas normal d'en prendre prétexte pour chahuter.

Ne chahutons donc pas et relevons en silence les perles qui tombent du haut de la chaire, à commencer par celle-ci à propos des massacres de la révolution de 1789 :

– *Ecoutez, messieurs, j'y étais, je sais comment cela se passait et si vous croyez que c'est drôle de se retrouver mort, le lendemain, dans les prisons, sans savoir comment ni pourquoi.*

Tandis qu'un autre professeur d'histoire disait :

– *Ceux qui ont fait la guerre de Cent Ans avec moi, l'an dernier, doivent s'en souvenir.*

Un professeur de philosophie déclara le jour de la rentrée :

– *J'ai encore dans les yeux et les oreilles les visages de vos anciens.*

Tandis qu'un professeur d'allemand dit à un redoublant :

– *Tiens ! Une tête à qui j'ai déjà serré la main.*

Ce qui me rappelle mon Jérôme de fils que le professeur d'anglais avait envoyé au tableau. A un moment donné, voulant rectifier quelque chose, ledit professeur tendit la main vers Jérôme, pour lui prendre la craie, et Jérôme serra joyeusement cette main, persuadé qu'on voulait le féliciter.

*

Les diplômes ne font pas toujours les bons professeurs et les agrégés ne sont pas forcément meilleurs enseignants que les licenciés ou même que les simples bacheliers. Il est néanmoins difficile d'être professeur sans un minimum de connaissances.

La preuve en a été donnée par un aimable farfelu qui, bien que n'ayant pas le moindre diplôme, réussit à se faire engager comme professeur d'histoire dans deux villes du Nord. Ce tour de passe-passe administratif fut, paraît-il, découvert à la suite de plaintes de parents, un peu étonnés de lire, dans les cahiers de leurs enfants, ces phrases dictées par le pseudo-professeur : *Louis XVI est mort en tombant d'un échafaudage*[1]. *Robespierre était montagnard parce qu'il était né dans les Alpes.*

Mais, agrégés ou licenciés, les vrais professeurs pondent aussi de belles perles. Les unes d'inculture; les autres, étourderies ou simples lapsus.

– *Lorsque Enée fut parti, Didon fit un bûcher pour faire brûler sa photo.*

– *En 218 avant Jésus-Christ, il y eut la traversée d'Hannibal par les Alpes.*

1. Une perle analogue, due celle-ci à un élève, figure dans *la Foire aux cancres.*

– Tout le monde sait que Jésus-Christ n'est pas né l'année de sa naissance.

– Saint Bernard réforma les monastères. Pour cela, il coupa les moines en deux.

– Les deux trous qui se trouvent sur le casque du chevalier servent au passage des yeux.

– Charles V préféra fuir que d'être mort pendant toute sa vie.

– Les deux réformateurs de l'Eglise sont Calvaire et Lutin.

– Les guerres de Religion ont un caractère religieux.

– Ce n'est pas de la faute de Louis XV s'il est né à cinq ans.

– Montcalm est tué au siège de Québec. Il doit abandonner la lutte.

– Les massacres de septembre eurent lieu dans la nuit du 2 au 4.

– La frontière germano-allemande n'a pas été remaniée entre 1875 et 1914.

– Il y avait cent soixante communistes sur les cent trente députés.

– Le bout de l'oreille de la monarchie et de la dictature montre son nez.

– La liberté ne sert à rien, si on ne peut pas s'en servir.

– Autrefois les routes étaient à peine carrossables à pied.

– Parfois, dans certaines petites fermes,

les vaches servent de bœufs pour tirer les charrettes.

– *L'autoroute, on entre en un point et on n'en sort plus.*

– *Ce mouvement commença et se développa dans la première moitié du XIXe siècle, se continua dans la seconde et même dans la troisième.*

Et je terminerai par un petit détour dans l'enseignement supérieur :

– *Les Bourses du travail, syndicats horizontaux et les fédérations verticales de syndicats vivent parallèlement jusqu'en 1902.*

Contrairement à ce que vous pourriez croire, ce n'est pas l'énoncé d'un problème de mathématiques, c'est un cours d'histoire à la Sorbonne.

*

Un élève m'a écrit : *Ayant maintenant changé de lycée ainsi que de professeur de français, je peux désormais sans craindre les représailles vous envoyer quelques perles de cet ancien professeur.*

Je crois que mon correspondant a eu tort de s'inquiéter. Les professeurs m'ont envoyé suffisamment de perles de leurs cancres pour admettre, avec le sourire, d'être cités eux-mêmes parmi les cancres.

Je suis donc persuadé que le professeur en

question sera le premier à rire en découvrant qu'il a dit :

– *On attache les poules, comme les cochons ou les sangliers, par les quatre pattes.*

– *On entendait agoniser le loup mort.*

Autres professeurs, autres perles :

– *A cette époque de sa vie, Molière a changé de nom et a pris le nom de Molière.*

– *Chateaubriand fut mis en nourrice de un à trente ans.*

– *Il faudrait lire les poèmes symbolistes, les yeux fermés, pour les mieux goûter.*

Ce qui me paraît difficile, à moins bien sûr d'apprendre le braille.

– *Ceux qui n'ont pas lu* Horace *le reliront.*

Ceux qui liront *Cinna* apprendront qu'*il risqua d'être fusillé* et ceux qui liront *Polyeucte* verront Pauline *demander à son mari de renoncer au cyclisme* (alias supplice, bien entendu).

Sachez aussi qu'*un bruit familier est un bruit que l'on a l'habitude de voir.*

Passons à l'anglais :

– Dear Sir *veut dire cher monsieur, avec un S majuscule à Monsieur.*

– To land *signifie atterrir, mettre le pied à terre en parlant d'un bateau.*

Comme dit la chanson : « Maman, les petits bateaux ont-ils des jambes ? »

*

Pour nous instruire, nous avons parmi tant d'autres la culture idio-visuelle. Cette affirmation d'un cancre me rappelle l'existence de la télévision scolaire où les perles sont moins nombreuses qu'en classe, et pour laquelle je n'ai pas grand-chose dans mon carnier, sinon ce professeur de maths disant :

– *Nous voyons quatre segments t'égaux.*

Je continue à me demander pourquoi, à une époque où les bons professeurs manquent, on ne fait pas plus appel à la télévision scolaire. Bien sûr, cela ne plaît pas à tout le monde, en commençant par ce professeur d'économie qui disait d'un air pincé :

– *Moi aussi, je suis audio-visuel : vous m'entendez et vous me voyez.*

Ecoutons donc les perles tomber de la bouche des professeurs non télévisés, tout d'abord en physique et chimie :

– *Je voudrais vous faire commencer par quelque chose, eh bien, je vais vous faire commencer par quelque chose.*

– *Cette notion de masse magnétique est importante, elle est plus importante que la notion de masse magnétique.*

– *Je prends deux soucoupes. Dans celle du milieu, je place du benzène.*

– Pour faire des feuilles de zinc, on fait passer des lingots d'aluminium au laminoir.

– Dans les postes à transistors, les piles sont à peine plus grosses que le poste.

– Les électeurs-récepteurs de radio sont fondés sur ce principe.

– Si vous prenez un fil de fer de cuivre...

– Et souvent par cette négligence, une étincelle provoque les explosions qu'on entend tous les jours dans les journaux.

– Si vous laissez une bouteille d'éther sans bouchon et qu'elle est à moitié pleine, le lendemain, sous l'effet de l'évaporation, elle n'est plus qu'à moitié-vide.

– Dans la traction avant, le moteur est à l'avant et les roues à l'arrière.

La palme revenant à ce professeur de physique qui disait :

– Je m'étonne que vous savez pas parler français.

Cependant qu'un professeur d'un lycée agricole affirmait :

– Faut pas prendre le porc pour un cochon.

Autres perles de sciences pêchées en France et en Belgique :

– Un muscle de la grenouille ressemble à un balai de rugby.

– Le matériel pour capturer un okapi est composé de filets, de pelles et de trous portatifs.

– Ce poisson peut passer quinze jours sans mettre les pieds dans l'eau.

– On reconnaît les différentes races de chien à leur plumage de couleur différente.

– Dans le calcaire, vivent des tas de petits animaux qui sont morts.

– Les roches de la lithosphère contiennent de l'aluminium et de la sicile.

– Les aveugles n'ont pas la même optique que nous.

– Un gant gauche ne rentre pas dans la main droite.

*

Un professeur belge avait dit un jour à un élève :

– Tu m'as fait perdre le fil de mes idées.

– Cherchons-le, proposa l'élève.

Les professeurs de maths perdent quelquefois le fil de leur raisonnement :

– Soit un quadrilatère ABCDE à cinq côtés.

– Soit un couple de trois parallèles.

– Les points A et B sont parallèles à la droite D.

– La plus grande corde d'un cercle est le diabète.

Naturellement le manque de matériel peut être un handicap, ainsi dans le cas de ce professeur d'histoire disant :

— *Mes cercles ne sont pas ronds, car je n'avais pas de règle pour les tracer.*

Tandis qu'un professeur de physique donnait ce conseil :

— *Il ne faut pas multiplier par rien.*

Et c'est le même qui constatait :

— *Cinq divisé par trois, ça doit faire à peu près, oh ! à peu près cinq tiers.*

Un autre professeur de physique, opérant en maths spé, à Paris, affirma :

— *Le calcul peut être repris avec des limites d'intégration différentes pourvu qu'elles soient les mêmes.*

Et un professeur de latin déclara :

— *Le latin et les déclinaisons latines, ce doit être comme un réflexe. C'est presque comme la table de multiplication. Exemple : sept fois six égale cinquante-quatre.*

Mais, après tout, comme remarquait ce professeur de français :

— *Quatre-vingt-dix-neuf fois sur dix, c'est juste.*

— *Ne faites surtout pas de fautes d'orthographe en parlant,* disait un professeur.

Ce qui n'empêchait pas le même professeur de faire des perles. Ainsi, par exemple :

— *Dans cette plaine, les pluies sont... eh bien, elles sont très mouillées.*

La géographie, sans que je m'explique pourquoi, inspire tout particulièrement les professeurs pondeurs de perles.

— *L'étude de la Terre s'appelle la biographie.*

— *On appelle montagne toute hauteur qui n'est pas plate.*

— *La France a neuf cent cinquante kilomètres du nord au sud et la même distance du sud au nord.*

— *Le Bassin Parisien est une plaine célibataire.*

— *La Seine est gonflée à l'époque de la fonte des pluies.*

— *Le Jura a un climat océanique, car il est éloigné de la mer.*

— *Dans le Jura, les voies ferrées ne sont pas navigables.*

— *Mulhouse fabriquait des toiles de coton qui n'étaient pas en laine.*

— *La saucisse, culture maraîchère d'Alsace.*

— *En Bretagne, on élève des porcs, des vaches et du lait.*

— *Les coopératives de poulets battent de l'aile.*

— *Les avions font escalade à Marseille.*

— *En Camargue, il existe différentes sortes de plantes aquatiques : nénuphars, roseaux et flamants roses.*

— *En Aquitaine, il y a des Landes de deux millions de kilomètres.*

– C'est le seul puits de pétrole et celui qui produit le plus.

– La production de fer du Nord de la France est supérieure à celle de la France entière.

– La population de la France augmente et diminue sans cesse.

– Sur les côtes de la Manche, il y a le cap Gris-Nez et le cap Blanc-Bec.

– La Manche sépare l'Angleterre de la Grande-Bretagne.

– Les familles, en Angleterre, ont un enfant, un enfant et demi.

– Les émigrants belges reviennent en Belgique leur vie terminée.

– L'Allemagne était à cette époque le deuxième producteur de charbon et de houille.

Ainsi sans doute que de bonnets blancs et de blancs bonnets.

– Quarante-cinq pour cent de la population de l'U.R.S.S. a moins de vingt dents.

– En U.R.S.S., les enfants vont à l'école avec deux langues.

– On construisit le Transsibérien qui relie la Russie au Pacifique, en passant par les Etats-Unis.

– Les Russes ont prolongé le Transsaharien jusqu'à Vladivostok.

– Les steppes du désert sont si hautes que l'on ne voit pas un cheval sur son cavalier.

– Autrefois les maladies se propageaient à pied.

– Le charbon était un excellent moyen de locomotion.

– A chaque fois qu'il sort une nouvelle matière première, elle est différente de la précédente.

– La baleine sert à la fabrication de l'huile de foie de morue.

– La paille de riz est inutilisable, c'est pourquoi on en fait de la cellulose.

– Si on tient compte des chiffres brutaux, le commerce est déficitaire.

*

« Si l'on avait agi plus tôt, on aurait pu aller moins loin », a dit M. Edgar Faure, en octobre 1968, dans un discours à l'Assemblée nationale sur la réforme de l'enseignement.

Douillettement installés dans leurs privilèges, trop de professeurs de faculté faisaient des cours et continuaient à organiser des examens qui étaient d'un autre siècle.

Je n'ai jamais digéré que, pour ma licence d'histoire, l'on m'ait obligé à passer un certificat d'études littéraires classiques, comprenant des épreuves de français et de latin. Je ne le regrette cependant qu'à moitié car, en 1940-1941, la faculté de Bordeaux avait parmi ses professeurs de français Henri Guillemin.

Or celui-ci était déjà aussi passionnant qu'il l'est aujourd'hui dans ses livres, ses conférences, ses interventions à la télé et à la radio.

Admissible à l'écrit grâce à un quatorze en français qui compensa un six en version latine, je décrochai une mention assez bien à l'oral. Mention que je dois, d'une part à une savante impasse en latin[1] et d'autre part à un exercice de mémoire.

Il y avait en effet deux épreuves de français à l'oral. L'une était une explication de texte, l'autre une interrogation de littérature générale. Tout le monde savait que, pour cette deuxième épreuve, Henri Guillemin se contentait de demander des dates. Je passai donc la moitié d'une nuit à me mettre une centaine de dates dans la tête, ce qui me permit le lendemain de débiter brillamment toutes celles des œuvres de Racine.

Quelques jours, sinon quelques heures plus tard, j'avais oublié mes cent dates, mais je repense parfois à cet exercice de mémoire qui me paraît d'autant plus stupide qu'il me fut imposé par un des hommes les plus intelligents de sa génération.

J'y ai repensé tout particulièrement en mai 1968 pour me réjouir de voir les étudiants commencer à prendre en main la réforme de

1. J'ai raconté, dans *la Foire aux cancres,* comment je réussis à me faire interroger sur une des trois seules pages que j'avais préparées.

leur enseignement. Malheureusement, les étudiants n'ont pas compris qu'à la longue certaines formes d'agitation étaient plus néfastes qu'utiles. Surtout, ils ont un peu trop oublié que, pour être forts, il ne faut pas être divisés.

Le résultat est que bien des réformes indispensables ne sont pas pour demain. Le plus aberrant étant peut-être de continuer à ouvrir les facultés à tous les bacheliers et de laisser se faire ce que le doyen Zamansky appelle « la sélection par l'échec[1] ». Comme si la sélection à l'entrée des facultés ne serait pas plus démocratique, sous réserve d'être assortie d'un véritable salaire donnant des chances égales à tous. Sous réserve aussi de créer parallèlement une université télévisée et radiodiffusée, à l'usage des étudiants amateurs, en même temps que des retraités curieux et des chômeurs en mal de reconversion.

Bien entendu, les cours de l'université télévisée seraient chaque fois confiés au meilleur spécialiste de la question et on pourrait revoir les films ou écouter les bandes dans les facultés. Cependant que, dans les mêmes facultés, les étudiants apprendraient vraiment à exercer leur futur métier, qu'il

1. En 1965, j'avais proposé dans *Hardi! les cancres,* une solution au problème de la sélection. Je la crois toujours bonne : baccalauréat à la fin de la première, puis cycle intermédiaire spécialisé préparant à l'examen d'entrée en faculté.

s'agisse de soigner les malades ou de faire la classe.

Un professeur de sciences m'a écrit : « Quant à la formation des professeurs, en plus des acquisitions essentielles, pour qu'on n'enseigne pas que Louis XVI mourut sur un échafaudage mais qui doivent être mieux réparties qu'actuellement, elle a besoin d'être axée sur l'importance de la parole, de l'intérêt ou de l'ennui qu'elle peut susciter et sur l'art de diriger les conversations. »

La phrase est lourde mais elle dit bien ce qu'elle veut dire. Pour l'heure, nous devons nous contenter des professeurs formés avec les anciennes méthodes, les uns malgré tout excellents, les autres piètres. Et les piètres ont un avantage, celui de pondre plus de perles que leurs collègues.

– *Le type était tout blanc et vert de peur.*

– *Il pensait sans que personne ne l'entende.*

– *Les crocodiles aiment bien faire le lézard au soleil.*

– *Cela faisait un espace deux fois grand comme la moitié de la cour.*

– *Le soldat sommeillait, son fusil endormi à côté de lui.*

– *Il l'a poignardé d'un coup de hache.*

– *Tous les païens étaient partis, sauf ceux qui étaient morts.*

– *Ils voyaient les balles siffler à leurs oreilles.*

Un petit tour dans le grand-duché de Luxembourg où un professeur de physique a dit :

– *Je vais aller devenir plus compliqué.*

– *Il est infiniment beaucoup plus petit.*

Passons la frontière belge pour entendre dire :

– *On peut changer ce que l'on veut, il n'y a plus rien à changer.*

– *Bon, alors, vous tracez carrément une circonférence.*

– *Les uns s'en vont, les autres partent,*

– *L'improbabilité est certaine.*

– *Au royaume des aveugles, les manchots sont rois.*

Je n'aurai garde d'oublier cette confidence d'un professeur de Khagne opérant en France :

– *J'ai assisté aux premiers balbutiements du cinéma muet.*

Il ne faut quand même pas prêter aux enseignants plus de perles qu'ils n'en font. Un professeur canadien avait dit : « Cet homme est tatoué. » Une élève s'écria d'un air indigné :

– *On ne dit pas « c'est à toué », mais « c'est à toi ».*

L'AUTRE BOUT DU COLLIER

J'AI tant cherché de perles sur la tête de tout le monde que mes lecteurs sont ravis quand ils peuvent en trouver sur la mienne. Une ligne de *Vingt cancres après* où je parlais du colonel Driant comme du *héros du fort de Vaux,* alors qu'il est mort au bois des Caures, a provoqué une avalanche de lettres d'anciens combattants.

En revanche, je ne soulevai qu'une seule protestation en attribuant à Alphonse Allais l'invention du couteau sans lame dont on a enlevé le manche, qui est en réalité une invention de Lichtenberg.

Dans le journal *Pilote,* j'ai eu le malheur de parler de *deux perles d'une fort belle eau.*

« As-tu oublié, m'écrivit une jeune Pascale de treize ans, que c'est un diamant dont on admire la belle eau ? En ce qui concerne les perles, il s'agit d'un bel orient. »

Toujours dans *Pilote,* j'ai eu tort d'attribuer à Boileau la célèbre phrase de Destouches, dans *le Glorieux :* « La critique est aisée, et l'art est difficile[1]. »

Ayant ainsi confessé mes perles, je peux m'attaquer à celles de mes confrères.

La Montagne du 4 août 1966 a affirmé que, lors d'une conférence à Vichy, j'avais dit :

– *Le cancer n'est-il pas un poète qui s'ignore ?*

Bien entendu, j'avais parlé du cancre.

Par les soins du *Populaire du Centre* (10 avril 1967), mon livre *le Rire en herbe* est devenu *le Rire en gerbe,* ce qui est un presque aussi joli titre. En revanche, j'ai été plus inquiet de voir dans *le Monde* du 16 juillet 1966, au sixième rang de la liste des succès de la saison 1965-1966 : « *Vingt ans après » par Jean-Charles.* Une perle à me faire avoir des ennuis avec les héritiers d'Alexandre Dumas !

La seule chose qui m'agace vraiment c'est que l'on écrive mon nom sans trait d'union. Bien sûr, je pourrais suivre le conseil d'un de mes lecteurs et signer : JEAN T CHARLES puis-

1. On trouve, dans *le Glorieux,* une autre phrase souvent attribuée à Boileau : « Chassez le naturel, il revient au galop. » Et c'est encore Destouches qui a dit : « Les absents ont toujours tort. »

qu'en morse un trait égale T. Non, je reste fidèle à mon trait d'union, grâce auquel j'espère ne pas être confondu avec les Jean Charles sans trait d'union qui sont assez nombreux. Depuis un décorateur jusqu'à un garagiste, en passant par un professeur spécialisé dans l'histoire du syndicalisme. Ceux-là s'appellent vraiment Jean Charles, ce qui n'est pas le cas du chanteur suisse qui opère sur les ondes de Radio-Genève. Il est vrai qu'il s'est engagé, pour éviter toute confusion, à se faire entendre sous le nom de Jean-Charles Villert.

Un autre faux Jean-Charles, qui signait de mon nom sa rubrique du *Meusien-Hebdo,* m'a fort honnêtement proposé de signer « le vieux Jean-Charles ». Je suis donc obligé de ne pas devenir vieux! J'ai même décidé de ne jamais dépasser trente-neuf ans, car je viens de lire dans un livre que les pêcheurs de perles ne vivent pas plus de quarante ans.

*

« *Tous les présents sont là ?* » J'ai entendu je ne sais combien de fois cette astuce au cours de ma carrière de lycéen. Aussi souvent que le fameux *les absents, levez la main.*

Il s'agit là de perles plus ou moins volontaires. Alors que ce professeur de chimie ne pensait pas être drôle quand il demanda à ses élèves :

— *Vous n'avez pas vu d'absents ?*

Question qui provoqua aussitôt cette réponse venue du fond de la classe :

— *Faites-les lever. Nous verrons mieux s'ils sont absents.*

Un professeur de physique et chimie disait :

— *Puisque tout le monde est là, je veux savoir qui est absent.*

Et un professeur de sciences demandait :

— *Quelle est la cause de ce retard inexplicable ?*

Même si tout le monde n'est pas là, il faut organiser un peu la classe :

— *Que la première table se lève et avance.*

— *Fermez les yeux, regardez devant vous.*

— *Maintenant, je vais vous laisser marcher de vos propres ailes.*

— *Prenez une feuille blanche de couleur rose.*

— *Je vais dicter plus vite, car je voudrais terminer avant qu'on en finisse.*

— *Vous ne pouvez pas avoir un œil sur votre illustré, un autre sur votre livre et un pour m'écouter.*

Les élèves doivent être particulièrement attentifs pendant les expériences de chimie et bien écouter ce que disent les professeurs :

— Si vous voulez voir le phénomène, regardez-moi.

— Ça sent un drôle de goût.

— Ne touchez pas à l'acide sulfurique, vous risquez d'avoir les mains défigurées.

— Si vous mettez de l'acide après vos doigts, attention à vos oreilles.

— Comme vous voyez, vous ne voyez rien. Pourquoi vous ne voyez rien, nous le verrons tout à l'heure.

*

Une institutrice disait à ses élèves :

— Mes enfants, faites un peu de silence. Quand vous me parlez, je vous écoute et, quand je vous parle, vous ne m'écoutez pas.

— *Oh!* dit un petit Jean, *vous n'avez pas de chance, mademoiselle.*

Il faut se méfier de l'eau qui dort comme du cancre qui ne dort pas. Un cancre qui ne dort pas est souvent en effet un cancre qui chahute, qui crie, qui siffle. Au point que le professeur excédé hurle :

— *Avez-vous fini de vous taire?*

Ailleurs aussi, on essaye d'obtenir un peu de calme.

D'abord, un professeur de français :

— *Tous les bruits doivent rester silencieux.*

Un autre :

– *J'en entends qui sourient.*

Un professeur de latin :

– *Arrêtez de parler et regardez plutôt ce que je dis.*

Un professeur de physique :

– *Je n'aime pas ce bruit de fond au premier rang.*

Un autre à deux élèves qui bavardent :

– *L'un ou l'autre, séparez-vous en deux. C'est un bon service à vous rendre.*

Un professeur de géographie :

– *Je vous entends parler là-bas. Je n'ai pas des lunettes pour rien.*

Un professeur de chant :

– *Chantez, mais taisez-vous.*

Un professeur d'anglais :

– *A la prochaine incarnation, je vous envoie chez monsieur le censeur.*

Un professeur de mathématiques :

– *Vous n'avez qu'un droit ici, celui de vous taire, et encore je peux vous le supprimer.*

Et pour finir, cette constatation désabusée :

– *On n'a jamais vu ça ! Tous les ans, c'est la même chose.*

*

Un professeur de français déclara un jour :

– *On n'entend rien ici.*

Sur quoi, il se leva et alluma la lumière.

Le même professeur, qui est aussi censeur, semble avoir pas mal d'humour puisqu'il déclara à un redoutable chahuteur :

– *Je vais m'envoyer un rapport à votre sujet.*

Il arrive parfois que les professeurs fassent des astuces que leurs élèves prennent pour des perles et qu'ils me communiquent fièrement. En revanche, je crois qu'il est impossible de ne pas considérer comme perles des ordres de ce genre :

– *Ecoutez ce que j'écris au tableau.*

– *Regardez par-là et ne quittez pas les yeux de votre livre.*

– *Levez bien le doigt que je voie votre visage.*

– *Cessez de recopier ce que je dis comme des perroquets.*

– *Parlez lisiblement.*

Certains ordres sont difficiles à exécuter, tel celui de ce professeur de physique :

– *Allez me chercher un décimètre plus long.*

Il n'était pas facile non plus d'obtempérer aux instructions de ce surveillant :

– *Vous pouvez sortir, mais surtout fermez la porte avant d'entrer.*

Ce qui vaut la remarquable formule d'un professeur de maths :

— *Attendez d'être dehors pour sortir.*

Un autre professeur de maths parlait d'une ligne qui allait devenir un cercle.

— *Bon alors,* dit-il, *je crois que je peux la fermer.*

Ce que les élèves approuvèrent bien entendu en chœur.

*

— *Le premier travail est de travailler,* disait un surveillant.

Les enseignants sont en effet là pour donner de bons conseils.

— *Il ne faut pas passer son temps à perdre son temps,* déclarait un professeur d'histoire belge.

Un professeur de physique et chimie conseillait :

— *Faites ce que vous faites au moment où vous le faites.*

Et un professeur de mathématiques ajoutait :

— *C'est un écueil à ne pas commettre.*

Tandis que le directeur d'une grande école s'avérait particulièrement exigeant :

— *Je veux,* déclara-t-il, *que vous soyez le maximum dans les dix premiers.*

Pour avoir beaucoup d'élèves dans les dix premiers, les professeurs doivent se montrer exigeants jusque dans les plus petits détails :

– *Je veux que vous souligniez les traits à la règle.*

– *Mercredi prochain,* disait un professeur de mathématiques, *interrogation écrite sans prévenir, comptant pour la composition. Notez-le sur votre cahier de textes pour ne pas l'oublier.*

Et c'est le même qui déclarait :

– *Quand je vous connaîtrai mieux, je vous mettrai des notes de zéro à vingt et même au-dessus.*

Une telle perle appartient déjà à des temps presque révolus. En 1969, sur le conseil de M. Edgar Faure, nombre d'enseignants ont remplacé les chiffres par des lettres. Mais ces lettres ne sont pas les mêmes pour tous et on m'a même cité un professeur de français, probablement fidèle lecteur du *Guide Michelin,* qui note avec des étoiles.

Le résultat est un aimable imbroglio, un peu comparable à la transformation de l'ancien franc en nouveau franc, transformation à laquelle on ne s'habitue guère et qui oblige les gens à faire sans cesse du calcul mental.

Les parents d'élèves sont donc condamnés au calcul mental, surtout si, comme l'a recommandé M. Edgar Faure, on remplace les classements par l'indication du nombre d'élèves ayant eu chaque lettre.

De toute façon, ce n'est pas en supprimant les zéros que l'on supprimera les cancres. Même si l'on n'entend plus de professeur dire :

– *Je vous mets zéro et encore c'est bien payé.*

Les professeurs devront, paraît-il, soigner leurs appréciations, ce qui n'empêchera pas certains d'utiliser des formules volontairement humoristiques du genre de celle-ci : *L'anglais est toujours resté pour lui une langue étrangère.*

Mais les appréciations peuvent devenir une mine de perles. Ainsi, en haut de cette rédaction dont le sujet était la description d'une inondation : *Récit correct mais un peu sec.*

*

Critiquant une esquisse, un professeur de dessin disait :

– *Les yeux de ce visage regardent en haut et la bouche en bas.*

Un autre racontait :

– *Je vais aux cours à bicyclette, ma planche à dessin d'une main et en pédalant de l'autre.*

Un mot de la couture, grâce à une sympathique enseignante belge qui m'a envoyé sa propre perle :

— Pour coudre les coutures, il faut faire des points surgelés.

Je n'aurai garde d'oublier les professeurs de gymnastique, à commencer par celui-ci, qui disait avec un fort accent provençal :

— Comme vous le voyez à mon accent, je viens en grande partie du Midi.

Autres perles dites avec n'importe quel accent :

— Pour sauter en ciseaux, il faut d'abord lever les deux premières jambes.

— Au hand-ball, un joueur ne peut tenir la balle que d'une main ou deux au maximum.

— Il faut que les paumes des mains regardent le sol.

— Eh, vous deux, rangez-vous quatre par quatre.

— Courez, courez, n'oubliez pas de respirer.

— Si vous continuez comme ça, je vais majorer vos notes de deux points en moins.

— Comme punition, vous me grimperez trois fois à cet arbre sans redescendre une seule fois.

— Pour la prochaine fois vous porterez des maillots blancs, comme ça on pourra faire des équipes bleues et rouges.

*

Il est rare que l'on ne commette pas un jour ou l'autre une fausse liaison. Quant à moi, je rougis encore d'*un gros z'handicap* prononcé devant le micro d'Europe N° I.

Je ne suis pas le seul à oublier que le *h* de handicap est aspiré. M. Alain Peyrefitte, à l'époque où il était ministre de l'Education nationale, a parlé à la télévision d'*un n'handicap* et de *cet t'handicap.* Alors que M. Edgar Faure n'était pas encore ministre de l'Education nationale quand il affirma, à R.T.L., que *le moi est t'haïssable.*

La faute la plus courante est « un espèce de » employé à la place « d'une espèce de ». Elle a été faite entre autres par le général de Gaulle (*un espèce de miracle),* par M. Maurice Couve de Murville (*aucun espèce de rapport),* par M. François Missoffe (*un espèce d'état d'esprit),* par Emmanuel d'Astier de la Vigerie *(un espèce de tic).* Tant il est vrai que c'est une espèce de tic dont il est difficile de se débarrasser! Mais, après tout, l'essentiel n'est-il pas de se faire comprendre?

— *Apprenez,* disait un professeur, *que celui qui ne sait pas se faire comprendre est un imbécile. Vous avez compris?*

— Non, répondit une voix au fond de la classe.

Autres professeurs, autres perles :

— *J'ai déjà dû vous le dire, mais si je l'ai pas dit, je vous le répète.*

— *Je vous le répète pour la deuxième fois,*

je n'ai pas l'habitude de redire deux fois la même chose.

– *Moi, je ne mange pas de ce vin-là.*

– *Je ne vais pas passer une heure assis derrière ma chaise.*

– *Je ne suis pas manchot, je vois clair.*

Il est vrai qu'un professeur de latin disait :

– *Cela se voit avec l'oreille.*

Et un de ses collègues racontait :

– *Quand j'ai entendu cela, je n'en ai pas cru mes yeux.*

Tandis qu'un professeur d'une université belge concluait :

– *Tel est mon avis et je le partage.*

Les enseignants ont parfois aussi une notion du temps qui leur est très personnelle :

– *Je ne voudrais pas que cette demi-heure du lundi soit une heure de rigolade.*

– *Un quart d'heure ça suffit, quinze minutes c'est de trop.*

– *Nous reviendrons sur cette traduction la semaine dernière.*

– *Je dispose d'une heure, de onze heures trente à douze heures.*

Tandis qu'un professeur d'anglais affirmait :

– *J'ai connu des garçons de votre âge qui avaient trois ou quatre ans de moins que vous.*

*

Les lycéens de mai 1968 ont eu raison de se révolter contre l'enseignement qu'ils subissaient. Malheureusement, comme les étudiants, ils se sont ensuite divisés et n'ont pas su s'entendre sur des objectifs précis et réalisables.

Tantôt bénéfiques, tantôt néfastes, les conséquences des événements de mai ont été différentes d'un établissement scolaire à l'autre. Ici, rien n'a changé; là, au contraire, le climat est meilleur, les élèves « participent », la discipline est plus souple.

Certes, la généralisation de l'autodiscipline n'est pas pour demain. Mais, à l'heure où le pion garde-chiourme tend à céder la place au pion-copain, les potaches ne devraient pas oublier ce surveillant de Huelgoat, persécuté par ses élèves et qui tua le père de l'un d'eux. « Le Petit Chose », comme l'appelèrent les journaux, s'est suicidé à la fin de 1968, malheureuse victime d'élèves sans pitié, en même temps que d'un système scolaire où l'on recrute trop de gens sans formation.

De toute façon, qu'ils soient persécuteurs ou persécutés, les pions ont quand même le mérite d'apporter quelques perles à notre collier.

– *Si dans cinq minutes vous n'êtes pas couchés, je vous fais lever !*

– *Taisez-vous, sinon je vous mets au silence.*

– *Taisez-vous, je veux un silence de capharnaüm.*

– *Mais travaillez donc, si vous n'avez rien à faire.*

– *Vous deux, séparez-vous ou je vous colle.*

– *Je vais faire une liste de celui qui parle.*

– *Si ça continue, faudra que ça cesse.*

Le censeur non plus n'est pas content :

– *Vous aboyez, vous aboyez comme des serins.*

Baissez les yeux, courbez le dos, car le professeur vient d'annoncer *des mesures énergétiques.*

– *Pour la dernière fois, premier avertissement,* crie-t-il.

Les menaces se précisent :

– *Bon, maintenant je vais relever le nom de ceux qui parlent sans rien dire.*

– *Je vous préviens, je vais en prendre un au hasard et je sais lequel.*

– *Si le coupable ne se dénonce pas, je punis le voisin.*

– *La blouse de Joelle traînait encore sur la table. La prochaine fois que je la vois, elle aura une heure de retenue.*

— *Si vous faites du bruit, vous le ferez par écrit.*

— *Ce n'est pas une page que vous allez me copier, c'est la porte.*

— *Je vous préviens : c'est le conseil de discipline pour le prochain hanneton que je vois.*

— *Si je n'arrive pas à connaître qui est celui qui a parlé, je lui colle deux cents lignes au lieu de cent seulement.*

Parfois les professeurs changent de tactique :

— *Puisque l'on ne peut obtenir le calme par la menace des punitions,* dit l'un d'eux, *je vais vous prendre par l'amour-propre : le prochain qui parle est un imbécile.*

Le silence se fit et le prochain à parler, ce fut... le professeur lui-même !

*

— *Crétin, avachi, couche-toi,* c'est en ces termes que mon premier professeur de mathématiques s'adressait aux cancres de la classe.

Heureusement, tous les professeurs ne sont pas aussi mal embouchés et l'on ne m'a guère communiqué que ces quelques apostrophes pittoresques :

— *Vous êtes tous des ânes. Il ne vous manque plus que les cornes.*

– *Je n'ai pas besoin d'une oie qui n'arrête pas de dire des âneries,*

– *Regardez-moi cet âne qui fait le zèbre.*

– *Il me regarde comme un Martien qui débarque de la Lune.*

– *Ce n'est pas le mur qu'il faut regarder comme un imbécile, c'est moi.*

– *Si vous voulez faire le singe, venez à ma place.*

Parvenu au bout de ce collier, je devrais annoncer qu'il est le dernier du genre. Mais, depuis mai 1968, les perles ne sont pas moins nombreuses. D'ailleurs, pourrait-il en être autrement alors que si peu de choses ont changé ? Comme disait un professeur acquis aux réformes :

– *Je ferai les cours de la même façon, sauf que ce ne sera pas pareil.*

Et il est bien vrai que, si rien n'est pareil, presque tout est resté comme avant. Jusqu'à quand ?

TABLE DES MATIÈRES

PRINCIPAUX OUVRAGES DE JEAN-CHARLES

En Livre de Poche :

LES PERLES DU FACTEUR.
LES NOUVELLES PERLES DU FACTEUR.
LA FOIRE AUX CANCRES.

Aux Éditions Calmann-Lévy :

LE RIRE EN HERBE.
TOUS DES CANCRES.
HISTOIRES A NE PAS METTRE ENTRE TOUTES LES MAINS.

En Presses Pocket :

HARDI! LES CANCRES.
VINGT CANCRES APRÈS.
CANCRES EN LIBERTÉ.
L'ÉCOLE DES MALINS.
LA BATAILLE DU RIRE.
LE RIRE C'EST LA SANTÉ.
LA FOIRE AUX BIDASSES.
L'AMOUR EN PERLES.
LA FOIRE AUX RONDS-DE-CUIR.
SACRÉS GENDARMES.
22 LES FLICS.
LE DICTIONNAIRE DU SPHINX.
LE LEXIQUE DES HISTOIRES DRÔLES.
HISTOIRES CROUSTILLANTES AVEC LE CARRÉ BLANC.
HISTOIRES GRATINÉES AVEC LE CARRÉ BLANC.
OÙ EST DONC MA FEMME? (roman).
PHAMA, prix Goncourt (*roman*).

Aux Presses de la Cité :

LE FESTIVAL DES CANCRES.
LE RIRE SUR ORDONNANCE.
DRÔLE DE JUSTICE.
TRÈS CHÈRES VACANCES.

« Composition réalisée en ordinateur par IOTA »

IMPRIMÉ EN FRANCE PAR BRODARD ET TAUPIN
7, bd Romain-Rolland - Montrouge - Usine de La Flèche.
LE LIVRE DE POCHE - 12, rue François Ier - Paris.

ISBN : 2 - 253 - 02711 - 1 30/5521/7